La rage
du naufrageur

DU MÊME AUTEUR

La magie des nuages
Vague scélérate
Vivre... et revivre
L'ombre de la brume
Au Vent Cristallin
Meurtre en pleine page
Sortilège de la nuit des temps

Dans la collection *Le chat Catia mène l'enquête*

n°1 - Miaou, bordel!
n°2 - Ron-ron, ça tourne!
n°3 - Plumes... et emplumés!
n°4 - Carnage... en coloriage!
n°5 - Gourous... coucou!
n°6 - La disparue des Monts d'Arrée
n°7 - Les chats noirs de la Table Ronde

Dans la collection *One Shot*

La rage du naufrageur

Retrouvez ces ouvrages sur www.palemon.fr.
Le site de l'auteur: **www.gerard-chevalier.com**

La rage
du naufrageur

ÉDITIONS DU PALÉMON
ZI de Kernevez - 11 B rue Röntgen - 29 000 QUIMPER

« *Dire que l'homme est un composé de forme et de faiblesse, de lumière et d'aveuglement, de petitesse et de grandeur, ce n'est pas lui faire son procès, c'est le définir.* »
Diderot (1713-1784)

Chronique du fait divers Kerlouan-Guissény
Gendarmerie départementale

Constatations sabotages et dégradations diverses sur embarcations professionnelles et privées.

Lettres anonymes injurieuses.

Dates notées en fonction de la reconstitution progressive morcelée, avec l'aide d'un journaliste-rédacteur. En attente de classement chronologique définitif, à la suite de nouvelles données éventuelles.

Capitaine Gaël Lerouzic
Adjudant-chef Robert Lelièvre
Adjudant Antoine Roulier

Protagonistes (ayant fait l'objet d'une enquête).

Camille de La Roche-Maillebois. Amiral de la Marine nationale. Né en 1948. Marié en 1980. Décédé en 2017.

Marie-France, son épouse, née Queré.
Née en 1960, décédée en 2011.

Yohan de La Roche-Maillebois.
Leur fils, né en 1981.

Jean-Marie Legarrec.
Quartier-maître de la Marine nationale. Né en 1970. Régisseur, retraité de la Marine.

Linda, son épouse, née Malorne. Née en 1986. Ex-prostituée. Sans emploi.

Jakez Le Moën. Né en 1960. Ecclésiastique.

Thierry Gondrand.
Né en 1966. Expert-comptable.

Pierre Nédelec.
Né en 1959. Propriétaire du bar Ty Porzh.

Françoise, son épouse, née Queré. Née en 1968.

Paul Le Hénaff. Né en 1986. Pêcheur.

Yves Salaün. Né en 1984. Pêcheur.

Loïc Pouliquen. Né en 1945. Mécanicien de la Marine nationale. Retraité.

Pascal Le Floch. Né en 1977. Artisan transporteur.

Gwendal Le Floch. Son fils, né en 1996.

Éliane Traonouez. Née en 1956. Institutrice, puis directrice de l'école Sainte-Jeanne-d'Arc à Guissény.

Isabelle Traonouez. Sa fille trisomique, née en 1977. Comptable et jardinière.

NOVEMBRE 2022

Il n'y avait plus rien de naturel en ce début de matinée d'hiver sur la lande poisseuse d'un brouillard tourbillonnant bordée de rochers dantesques menaçants.

Un grondement profond venait de la mer, à marée basse pour le moment, annonçant la colère de la tempête qui allait bientôt s'abattre sur la côte.

La lumière du ciel, étouffée par un génie malfaisant, se contentait de répandre çà et là des nappes glauques, qui mettaient en valeur des volumes incongrus.

D'abord un bruit de martèlement s'amplifia, dominant petit à petit celui de l'océan. Et tout à coup, trouant les nuées sournoises qui rampaient sur terre, un monstre noir surgit, rendu hors d'échelle par ce décor surnaturel. Il galopait lourdement, et aucun obstacle ne pouvait arrêter une telle masse.

Sur son dos, accrochée à la longue crinière voltigeante, une créature hurlait des imprécations inaudibles qui se mêlaient parfaitement à la clameur ambiante. Le cavalier de l'Apocalypse et sa monture passèrent, sans paraître le voir, à deux mètres d'un vieil homme qui promenait son petit chien lequel, pris de peur, se blottit contre son maître. Avec une ferveur inaccoutumée, l'homme se signa, alors que son animal poussait une longue plainte de désespoir.

L'apparition infernale se dilua progressivement dans le brouillard, ainsi que le tambourinement des énormes sabots absorbé par le fracas lointain des vagues qui montaient à l'assaut.

MARS 1978

La beauté de Marie-France Queré alimentait les fantasmes de toute la gent masculine dans un rayon de vingt kilomètres autour de Guissény. Ses parents, qui tenaient un modeste garage-concession Citroën, en avaient bien conscience, et veillaient constamment sur elle. Surtout sa mère dont la pratique religieuse renforçait encore les craintes quant aux risques d'une mauvaise rencontre, ou tout simplement une union passagère malvenue. Marie-France était une jeune fille agréable, docile, au caractère entier et, si sa splendeur ne lui échappait pas, elle n'en tirait aucune prétention. Influencée par ses parents, elle s'était forgé un idéal, attendant le grand amour qui épanouirait sa vie, dans le respect des règles de l'Église catholique, dont la plus importante à ses yeux consistait à se dévouer pour sa famille et à aider les autres dans la moindre occasion. Il n'empêche que, à l'approche de sa majorité, une nuée de garçons, et pas les plus défavorisés par la nature, se pressait autour d'elle. Certains, éconduits, faisaient courir des horreurs sur son compte par dépit. D'autres se moquaient parce qu'elle se rendait à la messe le dimanche. La mentalité masculine des plus jeunes, comme des adultes, exprimait les sentiments machistes que les femmes subissent depuis des siècles, surtout les plus séduisantes.

C'est dans ce climat malsain pour la jeune fille que surgit Camille de La Roche-Maillebois. Au sortir de l'office un dimanche matin, Marie-France, distraite, se heurta à un homme de grande taille en uniforme de la « Royale », surnom de la Marine nationale. Ils s'excusèrent mutuellement, ce qui les fit rire. Mais leur premier regard scella leur destin. Embarrassés, ils essayèrent de prolonger leur absence de conversation par des banalités. L'un comme l'autre soudain ne désirait pas s'en aller sans connaître un minimum de choses de leur existence réciproque.

— Vous venez souvent dans notre belle église ?

— Oui, tous les dimanches, pratiquement depuis que je suis née. Ce qui n'est pas votre cas, sinon je vous aurais aperçu.

— C'est exact. Il y a plus de dix ans que je ne suis pas venu ici, alors que, comme vous, je suis un enfant du pays, mon cher pays Pagan.

— Ah ? Vous habitez ici ?

— Pardonnez-moi, je me présente : Camille de La Roche-Maillebois.

— Marie-France Queré. Bien sûr je connais le nom de votre famille. Votre régisseur apporte les voitures de vos parents à réparer au garage de mon père.

— Très bien...

Ils ne savaient plus quoi se dire. Les La Roche-Maillebois, vieille nichée noble réputée austère, possédaient un manoir ancestral à deux kilomètres de Guissény. Un nom qui émaillait l'histoire de la Marine française par ses hauts faits d'armes, et ce depuis deux siècles.

Marie-France se sentit tout intimidée, mais l'illustre rejeton l'attirait irrésistiblement. Très grand, les épaules larges, la taille cintrée, des yeux bleu clair illuminaient un visage viril aux traits bien marqués, couronnés d'une chevelure touffue couleur châtain. L'archétype d'une gravure de mode, d'autant que son uniforme d'officier, coupé sur mesure, renforçait l'élégance de sa silhouette. De son côté, il n'osait dévisager trop longtemps cette jeune fille qui l'éblouissait. Il n'avait jamais rencontré une féminité aussi somptueuse chez une personne qui restait simple et naturelle à première vue.

Il s'immobilisa devant sa voiture, oppressé, mal à l'aise à la seule idée de lui dire au revoir.

— Bien, je suis très heureux de vous avoir connue. Au revoir, mademoiselle.

— Au revoir, monsieur.

Il y eut une seconde d'hésitation, puis elle se mit en marche. Elle n'avait pas fait dix pas qu'elle entendit quelqu'un courir dans son dos.

— Mademoiselle, s'il vous plaît...

Elle se retourna, le cœur battant la chamade.

— Pardonnez-moi, je... je n'aborde pas les femmes dans la rue, croyez-moi, ce n'est pas mon genre. Mais... je suis en permission pour la semaine, et... si vous le voulez bien, évidemment... j'aimerais vous revoir.

Au comble de l'émotion, elle le fixa attentivement. Il soutint son regard, et elle comprit qu'ils étaient dans le même état, déstabilisés, heureux de se contempler, malheureux à l'idée que cela cesse. Mais solidement construite dans sa personnalité, réaliste et honnête, elle s'entendit lui répondre comme indépendamment de sa volonté :

— Moi aussi, monsieur, j'aimerais bien vous revoir. Mais je veux bâtir ma vie selon mes valeurs chrétiennes, toutes simples cependant, et si je m'engage, ce sera pour toujours. Or, je ne crois pas que ce soit possible avec vous, étant donné les positions sociales de nos parents respectifs.

Il en resta la bouche ouverte, à la fois consterné et émerveillé. Puis il s'approcha tout près d'elle afin de parler sans que personne puisse l'entendre, en dehors de son interlocutrice.

— Je partage entièrement votre vision de l'avenir. Ce n'est pas la tendance de notre époque, et cela me semble magnifique. Je suis d'accord, notre union éventuelle provoquerait bien des difficultés. Mais… ne peut-on nous donner une chance ? L'important n'est-il pas de fonder une famille sur les bases de l'amour ?

Elle ne répondit pas, fascinée par ce qu'elle lisait au fond de ses yeux.

— Essayons de nous connaître, voulez-vous ? Et si vous me rejetez, je vous donne ma parole d'officier que je ne vous importunerai plus.

JUILLET 1978

Quand l'enseigne de vaisseau Camille de La Roche-Maillebois présenta Marie-France à ses parents, ils furent bien obligés d'admettre qu'elle était « convenable » dit le père, « gracieuse et bien élevée » dit la mère. Mais ce n'était vraiment pas ce qu'ils souhaitaient comme épouse pour leur fils.

— La fille de notre garagiste, tu es sérieux ?

— Et alors ? En plus de sa beauté, elle possède la noblesse de l'âme. C'est aussi valable à mon avis que la noblesse d'un titre.

Le vice-amiral, qui venait de prendre sa retraite, espérait que son fils, dont il était très fier, fasse une carrière brillante comme la plupart des membres de la famille, et ses débuts s'avéraient prometteurs. Mais s'allier à une simple fille d'artisan ne correspondait pas à la tradition familiale, pour laquelle on cherchait systématiquement à perpétuer la noblesse de souche, et ce depuis la Révolution. Ce que Camille envisageait le contrariait beaucoup. Sa femme, Éléonore, descendante d'une très ancienne noblesse de Bretagne, peut-être encore plus. Les familles successives veillaient jalousement à préserver leur caste d'une intrusion roturière. Un seul cas s'était cependant produit où une arrière-tante épousa un maréchal-ferrant. On parlait encore de ce scandale à mots couverts, cent soixante ans plus tard.

En fin tacticien, le vice-amiral décida de ne pas se heurter frontalement avec Camille.

— Comment envisages-tu ton avenir avec cette jeune femme ?

— Dans un premier temps, je termine mon année de formation de chef de service. On pourra alors se fiancer et, après ma première affectation, on organisera notre mariage, disons dans deux ans.

— Bien, cela vous laisse le temps de vous connaître, de vous apprécier, et de voir si vos liens sont solides.

— C'est tout à fait comme ça que je perçois les événements.

En son for intérieur, La Roche-Maillebois père estima qu'en deux ans les choses pouvaient changer, surtout si l'on aidait un peu le destin. Et puis, dans la Royale, les marins ne voyaient pas leurs compagnes pendant des semaines, parfois des mois. Il fallait de sacrés sentiments pour tenir le coup, il en savait quelque chose.

Allons, tout n'était pas perdu. Restait à convaincre Éléonore de jouer le jeu. Ce n'était pas le plus facile.

AOÛT 2006

À deux heures du matin, le port de Cherbourg, bien qu'illuminé généreusement par les feux des bateaux, était désert. Sortant du bar-restaurant où il passait la soirée, Jean-Marie Legarrec salua ses compagnons, et se dirigea vers le cargo sur lequel il avait été embauché pour un aller-retour Brest-Rotterdam, avec escale dans le port normand. Ses dix ans de contrat avec la Marine nationale achevés trois mois auparavant, il effectuait de petites traversées avec qui voulait bien de lui comme matelot sur les navires de commerce. Il n'avait pas encore décidé ce qu'il allait faire de sa vie civile.

La nuit d'été, tiède et sans vent, présentait un ciel étoilé exceptionnel. Levant la tête, il se remémora la chanson de Jacques Brel *Dans le port d'Amsterdam* qui ne se démodait pas. Des cris étouffés se firent entendre, provenant de derrière des rangées de containers en attente de chargement. Intrigué, il alla voir ce qui se passait.

Une femme, dont la mise ne faisait aucun doute sur ses activités, tenue par un bras, se faisait tabasser par un individu qui l'insultait à voix basse. Elle recevait des coups de poing et de pied sur le corps, son agresseur évitant le visage. Elle se débattait en criant elle aussi des injures mêlées à ses sanglots.

Sans signaler sa présence, Jean-Marie s'approcha rapidement et saisit l'homme par le poignet au moment où il allait frapper de nouveau. Ce dernier, lâchant sa prise, se retourna vivement essayant d'attraper probablement une arme dans une poche de sa veste. Il n'en eut pas le temps. Un premier coup de poing lui écrasa littéralement le nez, lui faisant perdre son contrôle, et un deuxième lui ôta sa conscience. Il s'écroula sur le sol, inanimé.

La femme, stupéfiée, contemplait son sauveur, un peu hagarde.

— Ça va ? Vous n'êtes pas trop blessée ?

— Non, ça va… Merci ! Vous habitez dans le coin ?

— Non, j'embarque sur un bateau qui lève l'ancre bientôt.

La prostituée, jeune, avec un corps parfait, le regardait comme si elle découvrait un spécimen rare de la gent masculine, qu'elle connaissait pourtant bien. La pénombre l'habillait d'une aura de justicier sorti d'un cosmos inconnu, uniquement pour elle. Legarrec ressentit en lui-même quelque chose d'anormal.

— Emmène-moi, finit-elle par dire. Je travaillerai pour toi.

Deux secondes suffirent pour changer leur quotidien.

— Tu as tes papiers d'identité sur toi ?

— Bien sûr, comme toujours.

— Tu peux t'habiller autrement ?

— Oui, j'ai une amie pas loin qui peut me donner des vêtements.

Une heure et quart plus tard, le capitaine du cargo acceptait en râlant la présence de la fiancée de son matelot. Et à l'aube, le navire appareillait pour Brest.

Le souteneur, ramassé par une patrouille de police, après dix jours d'hôpital, ne sut jamais où était passé son gagne-pain.

MAI 1980

La décision de l'enseigne de vaisseau Camille de La Roche-Maillebois fut semblable au cap des navires dont il assistait le commandement : déterminée.

Comme annoncé à ses parents, les fiançailles avec Marie-France Queré eurent lieu un an plus tard, à sa nomination en tant que capitaine de vaisseau, et le mariage l'année suivante. Rien ne put infléchir son choix. Pourtant les familles respectives avaient tout essayé pour dissuader les jeunes gens d'une union contraire à leurs conditions sociales. Les rumeurs s'en étaient mêlées aussi, avec leurs lots de commentaires désobligeants. Marie-France s'était même fâchée à plusieurs reprises, menaçant de partir du cocon familial si ces réflexions qui la blessaient ne cessaient pas. Déjà les fiançailles, réunissant uniquement les intéressés et leurs parents, s'étaient déroulées dans un climat glacial. Les garagistes et les nobles de la Royale ne trouvaient rien à se dire. Ils assistaient impuissants à la force de l'amour qui, envers et contre eux, soudait leurs enfants. Il avait bien fallu en tenir compte pour préparer la suite. C'est-à-dire aménager une aile du manoir pour les loger avec une descendance conséquente prévisible, compte tenu de leur idéal, dont ils ne faisaient pas mystère.

La cérémonie du mariage religieux, la laïque étant une formalité, remplissait quant à elle l'église de Guissény, surtout pour la curiosité de voir ce couple improbable, dont on avait plus ou moins parié sur sa réalisation. Cette fois, les familles étaient au grand complet, s'inclinant, non sans réticence, devant la volonté immuable des prétendants. Quel couple ! On admettait au moins une chose : il était magnifique. Leur joie d'être enfin réunis irradiait la beauté de l'une et de l'autre. Et l'assemblée sentait bien que sa présence n'était pas indispensable, après les avis défavorables qu'elle s'était permis d'émettre.

Le repas de noces détendit un peu l'atmosphère. Certains parents éloignés considéraient que les mœurs changeaient, qu'il fallait bien s'adapter à l'évolution des mentalités. Le tout jeune prêtre, qui avait assuré une messe parfaite, prononça une homélie de mariage remarquable. Jakez Le Moën perçut dès le départ le climat hostile autour des deux jeunes gens, et leurs confessions avant la cérémonie confortèrent son opinion. Aussi, invité au manoir pour le banquet, le curé se dévoua pour réunir les gens, établir ne serait-ce qu'un semblant de contact, et sa bonne humeur sincère répandit une onde bienfaisante dont les mariés lui furent obligés. Avant de les quitter, il les assura de son soutien futur en n'importe quelle occasion.

Il ne pouvait imaginer à ce moment-là à quel point il engageait son avenir.

AOÛT 2006

Tout son corps lui faisait mal. Elle affichait une collection de bleus aux couleurs variées, et chaque geste réveillait une douleur. Linda Malorne dut fournir un gros effort pour s'asseoir sur le lit. Elle réalisait avec peine ce qui lui arrivait. Ce changement brutal de vie décidé en un claquement de doigts. Puis elle prit conscience avec peine de ce changement brutal de vie décidé en un claquement de doigts. Elle avait été sous l'impulsion instinctive d'échapper à l'emprise de cette ordure, qui l'avait récupérée à sa sortie du centre sécurisé pour mineurs où elle était restée dix-huit mois, et qui, après une période de séduction bien calculée, l'avait transformée en une péripatéticienne accomplie. Comme ses trois autres créatures en activité. Si seulement il les avait bien traitées. Mais non. Il prenait plaisir à les rosser, à se faire respecter par la peur. Alors que dans la confrérie des maquereaux sa réputation de lâcheté était bien établie. Mais on le laissait tranquille, car il bénéficiait d'une protection de la police à titre d'indicateur. Protection toutefois bien fragile.

Jean-Marie Legarrec sortit de la kitchenette vêtu d'un simple short.

— Ah, tu ne dors plus. Je te sers un café ?

— Avec grand plaisir, merci.

Incroyable ! Il lui donnait son lit, tandis qu'il dormait sur la petite banquette. Déjà dans le bateau il lui avait laissé la couchette et s'était allongé tranquillement sur une couverture à même le sol. Il n'avait pas tenté depuis deux jours la moindre démarche pour profiter d'elle, au contraire. Elle n'avait jamais été confrontée à ce genre d'attitude. C'était surprenant alors qu'il la regardait en connaisseur, appréciait à l'évidence son anatomie. Il vint vers elle portant un plateau avec le café, des biscottes, du beurre et un pot de confiture.

Sa carrure paraissait encore plus imposante dans ce petit appartement de deux pièces. Il incarnait une force naturelle puissante, sans pour autant exhiber une musculature de culturiste. Pas un gramme de graisse autour de la taille.

En se penchant pour déposer le plateau sur le lit à côté d'elle, il laissa dans l'air un léger parfum d'eau de lavande.

— On ira chez le pharmacien acheter un produit pour tes marques, et un calmant aussi.

Elle lui passa la main sur la joue en guise de réponse, avant d'absorber son petit-déjeuner.

— Tu ne travailles pas pour le moment ?

— Non. Il faut que j'aille traîner sur le port pour en trouver. Je prends ce qu'on me propose. Ce sont des petits boulots, comme celui que je viens de faire. S'il n'y a rien, je peux toujours être docker.

Il était tranquille. Tout semblait simple avec lui.

Lorsqu'elle eut terminé son repas, elle se leva et rapporta le plateau sur l'évier, lava le bol et rangea beurre et confiture dans le réfrigérateur.

— Je peux prendre une douche ?

— Bien sûr. Je t'ai préparé une serviette sur le sèche-linge.

Quand elle sortit de la cabine, elle s'approcha de lui, entièrement nue. Assis sur la banquette, il lisait un journal. Elle le lui retira des mains et le jeta par terre.

Jean-Marie, au cours des escales de la frégate et même après, fréquentait des prostituées comme beaucoup de marins. Mais il n'avait jamais rencontré une telle beauté, dégageant autant de sensualité. Cette femme-là l'avait troublé dès le premier coup d'œil. Autant il pouvait être violent avec les hommes, autant il se comportait avec douceur envers les femmes quand il leur faisait l'amour. Peut-être l'admiration qu'il avait ressentie pour sa mère, victime d'un mari alcoolique, conditionnait-elle son attitude en présence du sexe féminin. Il sourit à Linda.

— Tu es bien belle… Mais tu n'es pas obligée. On a tout notre temps.

Elle se pencha, prit sa tête entre ses mains et l'embrassa en se disant qu'elle n'avait pas eu ce désir depuis longtemps, désir exclu en service commandé. Puis elle s'agenouilla, lui retira son short et entreprit une fellation, en espérant qu'il n'en ait jamais eu une semblable. Ce dut être le cas, car il s'appliqua ensuite à l'emporter au bout de sa jouissance, et ce par deux fois, avec la certitude qu'elle ne simulait pas. Les griffures dans son dos en attestaient.

MARS 1981

— Madame de La Roche-Maillebois… C'est moi.

Au volant de la DS Pallas, conservée jalousement par son beau-père, elle répétait son nom avec fierté. Elle possédait son permis depuis un an, et le vice-amiral contrôlait sa manière de conduire avant de l'autoriser à prendre la DS. En fait, la belle voiture devenait celle des jeunes mariés, ayant été le véhicule préféré de Camille pendant son adolescence. Marie-France allait chercher son mari à la base navale de Brest, où son navire avait accosté au petit matin. Le macaron barré de bleu-blanc-rouge, posé contre le pare-brise, lui permit d'en franchir l'entrée interdite au public, saluée par le marin de garde à la barrière.

Camille descendait la passerelle lorsqu'elle se gara. Elle sentit son cœur faire un bond en admirant la silhouette extraordinaire qui venait vers la voiture. Elle s'étonnait toujours qu'ils puissent vivre ensemble, après tous les obstacles que leurs proches avaient dressés sur le parcours de leur amour. Maintenant c'était terminé, leur route commençait toute droite, belle, lumineuse.

L'officier retira sa casquette pour monter dans le véhicule et, après l'avoir déposée sur la banquette arrière avec sa valise, il embrassa son épouse. Bien qu'il en eût envie, ce n'était pas un baiser passionné. Ses hommes pouvaient l'observer, et il aurait eu honte de sa conduite. Un capitaine de frégate se doit d'être irréprochable en toute circonstance. La fantaisie ne faisait pas partie de son caractère, que certains qualifiaient de rigide. Mais il s'efforçait d'être juste, avisé dans l'exercice de ses fonctions comme dans sa vie familiale.

Sa femme le comblait, il en était amoureux à sa manière, c'est-à-dire assez peu démonstratif. Marie-France l'avait compris, et connaissait la profondeur de ses sentiments à son égard. Il le lui avait prouvé en tenant tête à sa famille pendant deux ans. Elle l'aimait sans restriction, l'acceptait tel qu'il était avec bonheur.

Camille, s'étonnant qu'elle ne démarre pas aussitôt, la regarda plus attentivement.

— Tu préfères que je conduise ?

Elle le fixait en souriant, et il sentit l'importance de ce qu'elle allait lui dire.

— Oui ? Je t'écoute.

— Tu vas être père, mon chéri.

Ce fut la seule fois de sa vie où elle vit les yeux de son mari s'embuer. Il se pencha et la prit dans ses bras.

JUIN 2008

Au quatre-vingt-dix-huitième saut en parachute, à l'atterrissage brutal sur une pierre qui affleurait le sol, le tibia céda. L'accident survint alors qu'une certaine lassitude se manifestait dans l'esprit du lieutenant Lerouzic.

En exercice à Bayonne, dans le régiment du premier RPIMA, cela faisait quinze ans qu'il était militaire. Et il en avait assez. Pour plusieurs raisons. La première : sa Bretagne natale lui manquait trop. Les permissions ou vacances au pays Pagan, trop courtes, lui laissaient une amertume à l'âme. La deuxième : son épouse originaire du même endroit ne pensait, comme lui, qu'à y retourner avec leurs deux enfants. Le désir de posséder une maison, et non plus une caserne, d'aller chez les parents et les amis quand on en avait envie, de retrouver ses racines devenait lancinant. Mais il n'y avait pas de troupes aéroportées à Lannilis, sa base familiale. L'accident fut une opportunité. En fin de contrat, il entama les démarches pour entrer dans la gendarmerie. Ayant des relations avec cette branche de l'armée, sa demande acceptée rapidement, il effectua son stage de « bleuissement » à Melun, où se situait l'École des Officiers de la Gendarmerie nationale et, après examen, se qualifia OPJ, officier de police judiciaire. Il ne manquait plus qu'un souhait de la part d'un officier supérieur du groupement départemental du Finistère pour sa nomination au comité de brigade de Lesneven, à vingt minutes de son « pays », son paradis appelé Lannilis, pour que sa mutation soit accomplie. À la grande joie de toute la famille.

Cela faisait déjà six ans que ce changement de carrière avait eu lieu, et il se félicitait souvent d'avoir pris cette décision qui avait satisfait tout le monde. Sa femme redevenait joyeuse, les enfants étaient enthousiastes, et il renouait avec une foule de cousins, d'amis d'enfance, de vieux parents éloignés. Une renaissance, en somme. Côté professionnel, c'était moins réjouissant, et son caractère dynamique en souffrait.

En buvant son café à petites gorgées ce matin-là, il observait son vieil adjudant-chef Lelièvre, penché sur des documents qu'il étudiait avec concentration. Un homme de terrain, sans grande ambition, mais sur qui il pouvait compter. Pourtant originaire de Bourgogne, il s'était parfaitement intégré à ce rude pays. Diplomate, courtois, sachant manier l'autorité sans excès, il obtenait des résultats là où ses collègues peinaient à glaner de simples informations. Seulement, dans ce pénible fait divers du sabotage des bateaux, et des lettres anonymes, il ne progressait pas. Pas plus que la brigade. Par moments, Lerouzic se retenait pour ne pas intervenir plus énergiquement. Longtemps, grâce à des rumeurs malveillantes, les gendarmes avaient suspecté un pêcheur professionnel de se livrer à des actes de vandalisme sur les bateaux. Une sombre histoire de fâcherie, de jalousie avec un de ses anciens amis le désignait comme le coupable idéal, accusation renforcée par ces fichues lettres dont la cohérence n'était pas la vertu principale. Mais comment un homme qui avait obtenu la médaille du sauvetage en mer, qui lui-même possédait une embarcation avec tout ce que ça implique de responsabilités, comment cet homme se laissait-il aller à de telles exactions ? C'était stupide de l'envisager. Et Lerouzic s'en voulait d'avoir pendant un temps cédé à la suspicion ambiante. Le pêcheur était décédé trois ans auparavant, et les sabotages continuaient ! Insensé !

— Nom de Dieu !

Lelièvre sursauta et se tourna vers son supérieur.

— Qu'est-ce qu'il se passe, mon lieutenant ? Tu as un problème ?

— Non, excuse-moi, je repensais à notre histoire de dégradations sur les bateaux. Il faudrait des moyens modernes pour obtenir quelque chose.

— Tu penses à quoi ?

— Des caméras infrarouges, reliées à un enregistreur par Wi-Fi, vingt-quatre heures sur vingt-quatre. Les caméras sur les bateaux, l'enregistreur à terre.

— Et elles fonctionneront parfois pendant un mois avant de détecter une présence louche ? Et l'enregistreur, on le met où ? Il ne peut pas y avoir d'obstacles entre lui et les caméras. Et puis ça nécessite quel budget ? On l'obtiendra sans problème ? Pour combien de caméras ? On peut prendre aussi des appareils photo à déclenchement automatique. C'est moins cher. Mais si on ne reconnaît pas le type sur les clichés, ça ne sert à rien. Ça m'étonnerait que la hiérarchie nous autorise un tel équipement.

Voilà. Lelièvre avait réponse à tout, son solide bon sens aidant. Ce qui renforçait aussitôt l'énervement de son chef.

— Tu viens ? On va faire un tour. J'en ai assez d'être dans ce bureau.

NOVEMBRE 1981

L'accouchement fut un cauchemar. Face à une hémorragie incontrôlable, l'obstétricien se résolut à une ablation de l'utérus pour en venir à bout. Le bébé, volumineux, créait déjà des difficultés pour naître. Marie-France, épuisée, le tenait contre elle, désolée d'être seule. Camille se trouvait en mission dans l'Atlantique Nord. Il n'y avait que sa propre mère qui était autorisée à la voir brièvement étant donné son état. Le chirurgien qui l'avait opérée ne lui avait pas encore révélé qu'elle n'aurait pas d'autre enfant. Ami de La Roche-Maillebois, la clinique où était hospitalisée la jeune maman lui appartenait, il réalisait le drame que cette condition signifiait pour le couple qui lui annonçait joyeusement, il n'y a pas si longtemps, la conception d'une famille nombreuse. Pourtant le praticien, de renom à Brest, s'était acharné à préserver ce magnifique organisme créateur de vie. En vain. Il fallait en priorité sauver cette belle femme.

Il attendit qu'elle récupère des forces pour jouer son rôle de funeste messager. Ce fut terrible. Le grand objectif de sa vie s'effondrait. Elle pensa au choc qui atteindrait également son mari, encore plus qu'elle-même. La vision du manoir envahi d'enfants s'effaçait définitivement, alors qu'ils prévoyaient l'aménagement des chambres, le recrutement de nounous. Le médecin lui administra un antidépresseur, et fit venir une de ses relations, une psychologue douée d'un solide bon sens.

Quand Marie-France rentra chez elle, ses parents engagèrent une aide à temps complet. Les beaux-parents, très affectés aussi, s'humanisèrent un peu. Ils la visitaient de temps en temps, et se penchaient sur le berceau de celui qui incarnait l'unique descendance des La Roche-Maillebois. Les enfants des trois sœurs de Camille ne comptaient pas puisqu'elles changeaient de nom.

Effectivement, quand l'officier de marine eut connaissance que sa lignée s'arrêtait avec ce seul fils, sa déception fut immense. Il n'acceptait pas ce sort injuste, et pourtant sa femme trouvait dans son amour la force de le réconforter, alors qu'elle-même n'était pas loin de se culpabiliser pour cet échec. Mais le nourrisson finit par focaliser leur affection et leur apporta une relative consolation.

OCTOBRE 2006

Ils déjeunaient dans un restaurant du port, et le marin se sentait fier de remarquer, avec discrétion, les regards des clients, surtout des hommes, sur sa compagne. Ils traînaient dans les boutiques de prêt-à-porter, et Legarrec renouvelait sa garde-robe, la laissant choisir ce dont elle avait envie. Ce qu'elle faisait, tout en lui demandant son avis, car elle voulait lui plaire, l'exciter, le conquérir totalement. C'était nouveau pour lui qui n'avait jamais vécu avec quelqu'un. Il ne se posait pas de questions, savourant au jour le jour cette situation inédite, à savoir être en compagnie d'une femme au corps parfait, experte dans la manière d'atteindre un plaisir qu'il n'avait pas eu à ce degré-là, lui répétant qu'il pouvait tout exiger d'elle, ce qui flattait son ego masculin. Il percevait vaguement que derrière cette attitude soumise, un caractère complexe, non dénué d'intelligence, pourrait l'aider dans une entreprise future qu'il déciderait. Pour le moment, il se laissait vivre, effectuant des tâches occasionnelles, et piochant dans ses économies. Le fait qu'éventuellement Linda se prostitue, sans que cela l'enchante, ne le choquait pas, mais il n'y avait pas d'urgence.

Après le déjeuner, il l'emmena visiter Brest qu'elle ne connaissait pas. Surtout les lieux d'où l'on pouvait apercevoir les navires de guerre pour lesquels, par moments, il éprouvait de la nostalgie. Ses dix ans dans la Marine nationale lui convenaient très bien. Le respect des règles militaires, de la discipline, et l'engagement patriotique constituaient un univers dans lequel il s'intégrait parfaitement. Il obéissait, ce qui l'empêchait de réfléchir. Tout était prévu, construit, et fonctionnait sans surprise à bord.

Il avait seize ans lorsque son père, petit patron pêcheur, lui avait déclaré qu'il n'y avait pas de place pour lui sur son bateau, qu'il fallait trouver du travail parce qu'il ne le nourrirait plus. L'accueil avait été le même auprès des autres pêcheurs, qu'ils soient ses oncles ou des relations. Le refus de son milieu familial de l'embaucher, alors qu'il avait vraiment le désir d'y faire sa vie, l'offusquait profondément. Il en ressentait une colère qui ne s'était jamais éteinte. S'était ajouté le mépris, aggravé par la brutalité de son géniteur qui, sous l'effet de la boisson, frappait tout le monde, femme et enfants. Fuyant son foyer, il s'engagea à l'École des mousses, plus tard devint matelot, et finit comme quartier-maître de première classe.

— Tu as l'air préoccupé, dit Linda.

— Non… si. Un mauvais souvenir qui passe.

Elle appuya sa tête contre son épaule, caressant son cou de sa main.

— C'est interdit ! Je suis tellement bien avec toi. Ce n'est pas ton cas ?

— Si !

Il accompagna sa réponse en la serrant contre lui.

Lors de sa première sortie, à l'École des mousses, il s'était fait déniaiser par une « fille de joie », comme on avait l'habitude de dire à une époque, avant que l'appellation « pute » soit adoptée. Sachant qu'il était puceau, elle s'était montrée délicate, voire affectueuse, envers lui, s'efforçant de lui laisser un bon souvenir. Elle réussit en ce sens que Jean-Marie n'avait jamais été brutal ni grossier au cours de ses brèves séances d'amour tarifées. Il éprouva même de la sympathie pour certaines qu'il fréquenta à plusieurs reprises, devinant derrière leur sourire de façade les drames qui les avaient conduites à leur triste sort. Pour Linda, il ne voulait pas approfondir. Pas maintenant.

Le couple monta dans la Renault d'occasion achetée lors de la démobilisation du quartier-maître, et Legarrec se gara un peu plus tard sur le cours Dajot.

— Regarde le panorama ! C'est formidable, non ?

Appuyé contre le parapet qui bordait toute la grande allée, il ne se lassait pas d'admirer la vue. Linda acquiesça pour lui faire plaisir, cela ne faisait pas partie de ses centres d'intérêt.

— Dans la rade devant nous, après la guerre, un bateau chargé de nitrate d'ammonium a pris feu. Des gars se sont portés volontaires pour le remorquer au large, sans y parvenir[1]. Quand il a explosé, des morceaux en flammes sont retombés sur toute la ville, ici aussi. C'était un bilan de guerre : des milliers de maisons, d'infrastructures détruites, alors qu'il ne restait pas grand-chose de Brest après les bombardements des Alliés sur les bases allemandes. Vingt-six morts, cinq cents blessés. Les hommes qui ont tenté d'éloigner le bateau étaient des héros.

Tous les Bretons, particulièrement dans la Marine, connaissaient cette tragédie. Jean-Marie Legarrec se disait qu'il aurait été capable de se sacrifier. Il ne craignait pas grand-chose, pas même la mort. Ce n'était pas le cas de Linda.

— Quelle horreur ! fut son commentaire. Elle était sincère.

JUIN 1982

Quels sont les parents qui n'imaginent pas un bel avenir à leurs enfants ? Quel est le père qui ne désire pas un fils faisant une carrière brillante, ou ayant une vie meilleure que la sienne, sur tous les plans, et surtout en ayant une lignée prestigieuse derrière lui ? C'était le cas de Marie-France et Camille en se penchant sur le berceau de Yohan. Après le drame de n'avoir qu'un seul enfant, il n'était pas envisageable

1. Liberty-ship *Ocean Liberty.* Juillet 1947.

qu'il ne soit pas à la hauteur de la réputation des hommes de la famille. « Tu seras un grand marin, mon fils. » Telle aurait pu être la prophétie brodée sur le drap de son berceau.

Sa naissance douloureuse confortait néanmoins l'amour du couple. Marie-France s'émerveillait de sa présence et le veillait constamment.

En cette année 1982, le destroyer *Tourville* prenait la mer, et le capitaine de vaisseau Camille de La Roche-Maillebois participait à une de ses premières missions, ce qui représentait pour lui un grand honneur.

Lors de sa permission après le retour du navire à Brest, Camille releva un détail bizarre dans la manière dont se tenait son enfant. La tête penchait toujours du même côté. Sa mère, trop habituée à s'en occuper, ne l'avait pas remarqué. Mais alertée sur cette posture, elle dut convenir en effet que ce n'était pas normal. Son mari reparti, elle alla chez le pédiatre. Le praticien se montra plus que soucieux. Le bébé, âgé de sept mois, présentait à ses yeux une anomalie de comportement. Pour ne pas trop inquiéter la mère, il lui donna rendez-vous trois mois plus tard, lui conseillant de parler beaucoup avec son petit sur un ton enjoué. Marie-France, à son tour, ne voulut pas paniquer Camille sur la condition de celui qui idéalisait son avenir. Respectant les consignes du pédiatre, elle s'évertuait plus que jamais à communiquer avec cet être unique, l'exhortant naïvement à devenir la réussite de leur union.

Lors de la consultation, le médecin fut obligé de confirmer ses craintes émises au cours de son premier diagnostic : Yohan présentait des signes de déficience dans sa manière de réagir aux tests pratiqués. Sans vouloir tomber dans le catastrophisme, il prédit un retard cognitif avec une difficulté de percevoir son environnement, ainsi que pour l'usage de la parole.

Il fallait que la famille se mobilise pour contrer l'adversité. Ce fut un désastre. Les rêves de gloire s'effondraient. Pis : ils étaient entachés d'une tare. Un La Roche-Maillebois serait, au mieux, un attardé mental. Il rejoindrait celui qui, dans son délire, avait adhéré à La Montagne pendant la révolution de 1789, et ainsi se trouverait banni de la mémoire familiale.

La descente aux enfers commençait. Dans un premier temps, Marie-France lutta de toute son énergie afin que le choc ne détruise pas sa famille. Mais les vieux antagonismes sociaux reprirent leur acuité. Chaque clan rejetait sur l'autre la responsabilité d'un héritage génétique corrompu. Pour les Queré, c'était bien connu : les nobles se mariaient entre cousins proches, et leur descendance ne pouvait être que dégénérée. Pour les La Roche-Maillebois, le peuple n'en était pas à un inceste près, qui se répercutait sur les générations suivantes. Ils poussaient la mesquinerie, les uns comme les autres, à rappeler leur prédiction de malheur pour un mariage contre nature dont il fallait maintenant assumer l'horrible prix. Les arguments portaient plus pour Camille qui voyait son avenir familial anéanti. Il supportait difficilement l'échec, quel qu'il soit, ayant, comme pour sa carrière professionnelle, tout planifié pour le déroulement de son existence.

Les surprises, l'inattendu n'y avaient pas leur place. Il refusa d'abord de rendre sa femme responsable d'avoir annihilé son idéal. Elle souffrait autant que lui, ayant tellement participé à leurs projets communs avec la force de leur foi et de leur enthousiasme. Puis, insidieusement, ils s'éloignèrent tel un arbre fendu par la foudre dont les deux parties restent debout, tristement. Le divorce n'existait pas chez les La Roche-Maillebois. Marie-France se devait en conscience d'élever Yohan, quelle que soit son évolution. Et l'aimer, car il avait besoin d'amour plus que tout autre. Devant l'attitude de son entourage, elle comprenait qu'elle serait la seule à lui donner ce qui est essentiel à tout être vivant.

AVRIL 2007

Jean-Marie Legarrec essuya trois refus d'embauche successifs. Après le premier choc pétrolier, expression venue spontanément dans les médias, des remous plus ou moins durs se produisaient dans les entreprises. Le trafic maritime en souffrait sporadiquement. Ce jour-là à Brest, des défilés organisés par les syndicats perturbaient la circulation. Legarrec, laissant sa voiture en stationnement, partit à pied boire une bière pour attendre que les bouchons se dégagent.

Devant un grand portail, un attroupement hurlait des slogans en brandissant des pancartes. En passant, le marin aperçut une cour où deux vigiles tentaient de contenir des manifestants qui voulaient pénétrer les bâtiments. À ce moment sortirent trois personnes pour essayer de discuter avec les assaillants. Immédiatement les vigiles furent bousculés, et les trois hommes frappés, battus, les vêtements arrachés.

Sans se poser la moindre question, Legarrec, tel Obélix faisant voler les légions romaines, fonça dans le groupe, refoula les acharnés avec facilité, aidé par les vigiles qui retrouvèrent leurs moyens. Il y eut un moment de stupeur parmi les manifestants et, avant qu'ils réagissent, Legarrec fit entrer les molestés dans leurs locaux dont il verrouilla l'accès. Alors qu'une explosion de fureur secouait la cour de l'immeuble, une escouade de CRS intervint.

Le P.-D.G. de l'entreprise, son directeur général et l'expert-comptable, victimes de l'échauffourée, contemplaient celui qui les avait secourus, justement comme un superhéros de bande dessinée.

— Merci, monsieur, ce que vous avez fait est incroyable. Je peux savoir ce qui vous a motivé? demanda le P.-D.G.

— C'est tout simple. Je ne supporte pas la lâcheté. À cinquante contre trois, vous auriez pu être sérieusement amochés!

Ils se présentèrent, félicitant cet homme si courageux, doué d'une force hors du commun.

Après les discussions avec l'officier qui commandait l'escouade de CRS, laissant un piquet d'hommes armés en surveillance, le trio invita Legarrec à dîner.

À la fin du repas, il était engagé comme garde du corps et chauffeur du président de la société, à un salaire bien plus élevé qu'il ne s'y attendait. Un des trois hommes semblait l'apprécier particulièrement: Thierry Gondrand, l'expert-comptable, un homme rouquin dont les yeux, grossis par des lunettes de myope, laissaient deviner une intelligence matoise. Le courant passa bien entre eux. Un peu éméché et euphorique, Jean-Marie rentra chez lui, et annonça l'excellente nouvelle à Linda qu'il avait prévenue par téléphone de son retard. Ce qui l'avait agréablement surprise, n'étant pas habituée à ce genre de délicatesse. Elle entreprit de le récompenser comme il convenait de ses bonnes manières. Il devenait peu à peu dépendant du plaisir qu'elle lui donnait avec application, et elle découvrait une faille dans ce bloc d'homme : elle pouvait l'influencer. Jusqu'à quel point ? Il était très intéressant d'en tester le degré.

JUIN 1987

La maternelle de l'école privée Sainte-Jeanne-d'Arc à Guissény dut assumer la différence du petit Yohan. Ce n'était pas facile étant donné son caractère imprévisible. Il pouvait passer de la colère à la prostration en quelques minutes, de l'isolement aux jeux avec les autres enfants aussi soudainement. Il n'était pas question de le punir pour une faute quelconque, car alors il se tapait la tête contre les murs. Eu égard à la famille La Roche-Maillebois, généreuse donatrice pour les fêtes de l'école, on s'efforçait de pallier les débordements de l'enfant. Mais lorsqu'il eut atteint l'âge de rentrer en CP, à six ans, la directrice de l'établissement convoqua ses parents. Camille étant absent, Marie-France se présenta, sachant qu'une épreuve supplémentaire l'attendait.

— Je suis profondément désolée, madame, mais il ne nous est plus possible d'admettre Yohan dans le cycle scolaire normal.

— C'est à ce point-là ?

— Oui. Et croyez bien que nous ne prenons pas cette décision de gaieté de cœur. Tous les enfants de votre famille ont fréquenté notre établissement depuis sa création. Nous sommes plus que reconnaissants de votre fidélité à notre égard, mais dans le cas qui nous préoccupe, il faut que vous envisagiez un centre spécialisé.

— Il n'en est pas question !

La phrase jaillit, spontanée, indignée. Aussitôt corrigée.

— Pardonnez-moi, ce n'est… Je n'ai pas prévu cette option qui me semble…

Et Marie-France éclata en sanglots. La directrice, très gênée, se permit de lui poser la main sur le bras.

— Je comprends votre peine. Je me mets facilement à votre place.

La belle jeune femme se ressaisit péniblement et quitta l'école accompagnée de la responsable, atteinte par cette situation dramatique.

Assise dans sa voiture, Marie-France prit le temps de la réflexion. Assurément, elle ne se rendait pas bien compte du déséquilibre de son fils lorsqu'il était hors de son foyer. Il était tellement affectueux envers elle, et elle anticipait ses changements d'humeur automatiquement, tant son amour surdimensionné l'enveloppait d'une bulle de sécurité. La jeune institutrice, qui s'occupait de Yohan en maternelle, avait su aussi s'adapter, elle-même mère d'une petite fille trisomique. Mais voilà, c'était une circonstance exceptionnelle, et maintenant la réalité s'imposait brutalement.

Camille se désintéressait totalement de son petit garçon dont la simple vue le rebutait. Il laissait à sa femme le soin de gérer tout ce qui le concernait, acceptant toutefois ses décisions sans les critiquer. Yohan n'avait pas acquis grand-chose au cours de ses petites classes. Très en retard pour parler, sa seule évolution positive résidait en une dextérité manuelle qui s'était révélée d'un coup en jouant avec des puzzles. Marie-France exploitait aussitôt cette tendance qui trouvait cependant assez vite ses limites.

Sur le plan affectif, elle devenait désespérément seule, en dehors de ses rapports avec son fils. Seule ? Non. Le curé Le Moën, conformément à son engagement, ne l'avait pas abandonnée. Il venait régulièrement la voir, et restait jouer avec Yohan qui l'accueillait gentiment. Il était l'unique homme avec lequel l'enfant communiquait. Brave et gentil Le Moën. Accepterait-il d'instruire autrement que religieusement ce pauvre enfant handicapé mentalement ? Il fallait lui poser la question, un précepteur lambda ne bénéficierait pas d'un contact privilégié établi de longue date, tel celui existant avec ce jeune curé. Il voulut bien répondre à sa demande, plus par charité chrétienne connaissant la solitude de cette jeune femme, que pour ses capacités de pédagogue dont il doutait sérieusement.

Et puis, il tenait Marie-France en haute estime. L'attitude de son mari le choquait terriblement. Comment pouvait-on délaisser une si merveilleuse épouse, et ne pas donner son affection à son fils, quel qu'il soit ? C'était impensable en regard de sa conception sur le passage des hommes sur terre. Il mit tout son cœur dans cette tâche éducative dont il n'obtint pourtant pas de grands résultats.

Au fil du temps, il se mit à aimer la mère à travers le fils, comme les chevaliers aimaient leur reine, sans pour autant trahir le roi. Et ce fut réciproque, sans transgresser leur moralité.

Évidemment, les méchantes rumeurs commencèrent à circuler. Le curé était tout le temps « fourré » au manoir, alors que le « cocu » n'y était pas souvent.

L'officier de la Royale poursuivait une carrière exemplaire, mettant un point d'honneur à maintenir la tradition, et aussi reporter sur son métier toute son attention, considérant comme évident le ratage de sa vie privée. Même les liens avec ses parents se distendaient, sans qu'il en distingue vraiment la raison. Manque d'affection dans son jeune âge ? Rigidité dans leur maintien ? Leur étroitesse d'esprit se reproduisait à travers lui, sans qu'il en ait conscience. Son cœur, qui s'était éveillé lors de la rencontre avec celle qu'il avait épousée, s'était endormi, pour ne pas dire révolté, avec le drame qui l'avait affecté. Ne restait que son « devoir » d'assumer les exigences matérielles.

La prise en main de l'éducation du dégénéré par Jakez Le Moën lui convenait parfaitement. C'était même un soulagement. Au moins, le nom de La Roche-Maillebois ne traînerait pas dans des établissements de basse classe.

*

Les manifestations s'étaient calmées. Les cent quarante-sept employés de la société Hervé et fils fabriquant divers moteurs électriques reprenaient le travail, leurs syndicats ayant obtenu des augmentations de salaire satisfaisantes dans l'ensemble. Le carnet de commandes assuré pour deux ans, le moral de la direction s'en ressentait, et des investissements pour améliorer la production se projetaient à court terme. Le président-directeur général, débordé, accomplissait des journées de douze heures et plus, avec de très nombreux déplacements. Ce qui mobilisait Jean-Marie Legarrec à n'importe quel moment. Il se sentait apprécié, et monsieur Hervé fils nouait des liens professionnels cordiaux avec son chauffeur. Il avait confiance dans cet homme à l'apparence tranquille, masquant sa force herculéenne, et sa conduite prudente ainsi que sa présence le rassuraient. Sa courtoisie et son obéissance aussi. Un homme de la Royale ne pouvait être que bien. Il l'avait habillé de deux costumes élégants dont il assurait les frais de teinturerie. Il exigeait une tenue impeccable pour conduire la C5 haut de gamme, et l'accompagner, si besoin était, comme garde du corps, ce qui surprenait et impressionnait les gens chez qui il se rendait.

Par ailleurs, une amitié naissait entre Thierry Gondrand, l'expert-comptable, et Jean-Marie. Dès qu'ils le pouvaient, ils déjeunaient ensemble ou allaient boire un verre au café non loin de l'usine. Thierry, brillant diplômé après trois ans d'études à l'École Supérieure de Gestion et Expertise, créée en 1965, admirait la stature et l'énergie que dégageait le chauffeur du patron. De son côté, celui-ci se sentait émerveillé par la dialectique de cet homme qui tenait des discours clairs, sensés, sans bafouiller ni parsemer ses propos de « euuuh », comme le faisaient énormément de gens.

Mais ce n'était pas la principale raison de leur rapprochement. Intuitifs l'un comme l'autre, ils devinaient une part d'ombre dans leurs personnalités réciproques. Peut-être qu'en la connaissant, cela leur apporterait... ils ne savaient trop quoi. Il fallait approfondir leur relation, on verrait bien.

À l'approche d'un long week-end férié, Jean-Marie invita Thierry à dîner dans un bon restaurant, où il se rendait parfois avec son P.-D.G. Le comptable vivait encore chez ses parents, en solitaire. Chacun avait fourni un effort vestimentaire, mais quand le rouquin aperçut Linda, il ne put dissimuler son émotion. Vêtue d'une robe moulante très courte, de bas noirs et d'escarpins à talons aiguilles, elle affichait un corps de mannequin explosant de sensualité. Un maquillage appuyé rehaussait des grands yeux vert foncé, et une bouche aux lèvres pulpeuses luisait de rouge vif. Seul le nez un peu trop long déparait l'ensemble, mais les hommes ne le percevaient pas, captés par cette créature destinée à leur damnation. Thierry, féru de cinéma, pensa aussitôt à *La Môme vert-de-gris* interprétée par Dominique Wilms, film qu'il avait visionné vingt ans plus tôt.

Linda, habituée à séduire, fut néanmoins satisfaite de ce qu'elle provoquait chez l'ami de son homme qui, lui, les présenta sans se soucier de quoi que ce soit. Il n'était ni inquiet ni jaloux, sachant la dévotion de sa compagne à son égard et, si elle devait coucher avec d'autres hommes, ce serait avec son accord, cela n'aurait aucune conséquence.

Le dîner commença, et chacun fit de son mieux pour plaire aux deux autres, selon ses moyens, avec le soutien de bons vins français qui, comme chacun sait, ont le pouvoir de délier les méfiances ou les réticences. Thierry se laissa aller à conter ses déboires avec une première embauche dans une entreprise de laquelle il s'était fait renvoyer. Cette confidence était peut-être inconsidérée, mais la jambe qu'il sentait contre la sienne le galvanisait. Jean-Marie évoqua ses aventures dans le Pacifique, l'attentat des pirates contre sa frégate, ses bagarres aussi, sans citer celle au cours de laquelle il avait rencontré Linda. Elle, heureuse du luxe de l'établissement, libérée de toute contrainte par le saint-émilion grand cru 1967, riait de chaque plaisanterie, approuvait sans réserve tout ce que disaient ses compagnons et, une main bien placée sur le pantalon de Jean-Marie, éprouvait un désir irrésistible pour la suite de la soirée. Avec les deux éventuellement, mais ce n'était pas elle qui décidait.

*

La nuit d'un noir intense n'empêchait pas la frégate de fendre les flots tranquilles au sud du golfe d'Aden, à la hauteur du port somalien de Garacad. Ses quarante-trois mille chevaux trottinaient souplement au fond de la grande coque de fer, n'émettant qu'un son diffus qui se mélangeait à celui produit par un léger vent et l'étrave rejetant les vagues de part et d'autre du bâtiment.

L'équipage entamait le premier quart zéro heure/ quatre heures, tandis que la frégate longeait à vitesse réduite la côte devenue dangereuse depuis quelques années. Des actes de piraterie survenaient de plus en plus, conséquence de l'anarchie endémique de la Somalie, où la guerre civile ravageait les populations. Les attaques contre les navires de commerce se généralisaient, provoquées autant par l'extrême pauvreté – c'était une source de profit – que pour des motifs politiques au nom d'une idéologie fanatique.

Les marins qui observaient continuellement la mer avec leurs jumelles infrarouges notaient çà et là au large quelques bateaux de pêche au mouillage. Il fallait se méfier, surtout de ceux à la construction effilée, munis de puissants moteurs hors-bord, qui pouvaient dépasser la vitesse de quarante nœuds[2]. Mais un bâtiment de guerre comme la frégate n'avait en principe pas grand-chose à redouter.

Vers la poupe du navire, un jeune matelot était installé derrière la mitrailleuse type M-ZHB, scrutant de temps à autre si les pêcheurs faisaient mouvement, de même que tout l'équipage en veille, à bâbord comme à tribord, qui ne cessait cette surveillance. Non loin de lui déambulait le quartier-maître affecté à cette partie de la frégate pour le quart. Tous deux Bretons, ils prenaient plaisir à converser dans la langue de leur région par des phrases lapidaires.

Tout à coup, le quartier-maître s'immobilisa, l'oreille aux aguets.

— *Petra zo?*[3]

— *Peoc'h, selaou aran!*[4]

Il resta tendu quelques secondes et, brusquement, se retourna vers le sillage en braquant ses jumelles. Il n'en crut pas ses yeux. Un gros zodiac noir se précipitait sur eux à une vitesse incroyable. Dans moins d'une minute, il heurterait le bâtiment et, probablement bourré d'explosifs, endommagerait gravement la propulsion. Deux hommes vêtus de gilets de sauvetage sautèrent par-dessus le bord du zodiac, après avoir bloqué la barre de direction. Le quartier-maître réagit avec la célérité exigée par la situation. Se ruant sur son jeune matelot, il

2. *Quarante nœuds marins égalent 70 kilomètres/heure.*

3. *Qu'est-ce qu'il y a?*

4. *Tais-toi! J'écoute!*

l'arracha d'une main à son siège et, s'installant à sa place, ouvrit le feu sur l'embarcation, gagnant ainsi des secondes d'explication.

Une déflagration inouïe illumina aussitôt les ténèbres, projetant des morceaux de caoutchouc dans les airs, dont une partie enflammée retomba sur la frégate. Des hommes munis d'extincteurs arrivèrent immédiatement de tous les coins du bateau. Un branle-bas de combat était ordonné par la passerelle de commandement. Mais il n'y eut pas d'autres tentatives d'attaque. Néanmoins, l'amiral modifia légèrement le cap afin de s'éloigner davantage de la côte, et augmenta le rythme des machines. Puis il convoqua celui qui avait sauvé son vaisseau. C'était la deuxième fois qu'il se distinguait par son courage et par sa faculté à appréhender le danger.

Deux mois auparavant, dans le même secteur, au cours de l'arraisonnement d'une embarcation chargée d'héroïne, il avait maîtrisé l'équipage de voyous, alors que la situation risquait de déraper vers le carnage.

Le quartier-maître, après s'être changé et coiffé, se présenta au « Pacha », dans un garde-à-vous impeccable.

— Quartier-maître de première classe Jean-Marie Legarrec, vous avez protégé notre frégate par votre bravoure et vos capacités professionnelles, que nous avons déjà remarquées. Vous recevrez, à ma demande, la Médaille militaire. Il m'est agréable de constater à quel point votre comportement est conforme à notre devise : Honneur, Patrie, Valeur, Discipline. Rompez !

Ce qu'il fit après un salut mutuel solennel.

Le souvenir de ce fait d'armes ne cessait de remonter régulièrement dans la mémoire du marin, préfigurant son avenir sans qu'il puisse s'en douter. Il fournit un effort pour revenir au présent et écouter ce que son interlocuteur lui expliquait.

Il en avait entendu parler, certes, mais le monde des affaires lui était plus étranger que la Tasmanie ou les îles Kerguelen, ces destinations où personne ne se rend, si ce n'est pour des missions très particulières.

Thierry Gondrand lui indiquait comment on monte une holding, avec des sociétés *offshore* dans des paradis fiscaux, hors d'atteinte de tout contrôle. Legarrec écoutait attentivement, abordant en terre inconnue. Il y avait donc des possibilités bien réelles d'échapper aux règlements, de contourner les lois avec des moyens légaux, ou prétendus tels. Encore fallait-il posséder des capitaux importants pour se lancer dans ce qui lui apparaissait comme réservé à une élite.

Mais d'abord sidéré par l'agilité intellectuelle de son nouvel ami dans ce domaine, il s'émerveillait de cette découverte : il existait des moyens de s'enrichir astucieusement. Thierry affirmait même que l'usine dans laquelle ils travaillaient ne paierait pas d'impôts si elle se situait aux îles Caïman. Et le P.-D.G. s'en mettrait plein les poches ! Oui, bien sûr, il y avait des bakchichs à distribuer, mais sans commune mesure avec le montant des taxes prélevées ailleurs. Jean-Marie se mit à rêver.

— On peut commencer… avec des petites sommes ?

— Oui, bien sûr. L'important est d'ouvrir un compte. Les taux d'intérêt sont élevés.

— Mais comment on envoie l'argent ?

— Il y a une procédure assez compliquée, mais si tu veux, je m'en charge sans problème.

— Tu ferais ça pour moi ?

— Avec grand plaisir.

— Je vais voir ce que je peux réunir comme somme.

Quelle occasion inespérée ! D'un seul coup sa vie changeait. Une compagne, un ami, une bonne situation arrivaient comme par magie. Après le cadre très strict de la Marine nationale, le bouleversement était total. Il acceptait de passer d'une parfaite conduite morale à une mentalité douteuse, sans se poser de questions. Vengeance inconsciente peut-être de ce qu'il avait subi dans son enfance assez dramatique.

— Jean-Marie ! On y va !

L'injonction de son patron mit fin à ses spéculations financières sur son nuage doré.

*

Yohan grandissait en affirmant ses traits de caractère : incohérence, manque de concentration totale par périodes accompagné de prostration, de crises soudaines de colère, d'enthousiasme, et parfois une mobilisation presque normale de l'attention pour mémoriser quelque chose qui lui plaisait. Sur le plan physique, il se révélait endurant à l'effort quand il voulait bien l'accomplir, mais une cause mystérieuse lui faisait pencher la tête du côté gauche, et ce depuis son plus jeune âge. Il parlait en affectant un rythme spécial à ses phrases, avec un vocabulaire surprenant qui mélangeait les genres, et faisait cohabiter grossièreté, poésie, insolence ou taquinerie. La poésie, uniquement les fables de La Fontaine, était son seul bagage intellectuel acquis grâce à Jakez Le Moën. C'était déroutant.

Personne n'attirait son attention en dehors de sa mère qui, dès qu'elle lui apparaissait, transformait l'expression de son visage. Il l'adorait, et elle le lui rendait bien. Il courait se blottir contre elle et restait ainsi longtemps, moment privilégié où l'amour l'apaisait, le transcendait en un état lumineux de vide serein. Les années passaient, et rien ne modifiait vraiment ses errements. Aucun contact ne s'établissait avec son père qui le rejetait ouvertement. Il ne comprenait pas pourquoi dans ses jeunes années et en souffrait beaucoup. Puis, à l'adolescence, il cessa d'aller vers lui, et finit par l'ignorer. C'était un martyre pour Marie-France. Stoïque, elle compensait systématiquement ce qu'elle considérait comme une atteinte grave au développement affectif de Yohan, déjà suffisamment abîmé par la vie. Elle luttait pour ne pas haïr son mari, préférant se culpabiliser d'avoir mis au monde un tel enfant qu'elle devait assumer jusqu'au bout et aimer totalement, ce qui ne lui était pas difficile dans la solitude morale où elle se trouvait. Non, ce n'était pas juste : Jakez la soutenait, fortement. Elle voyait rarement ses parents pour ne pas subir, comme avec ses beaux-parents, l'expression de leurs visages quand ils observaient leur petit-fils. Intolérable ! Aucune compassion, aucun effort pour adoucir ne serait-ce qu'un instant ce mépris que Yohan devait ressentir.

Son éducation religieuse fut un fiasco, alors que Le Moën s'acharnait avec habileté à lui inculquer les préceptes de l'Église catholique. Rien à faire. Yohan tournait tout en ridicule, n'adhérait en rien à l'histoire de la Genèse. Le mythe d'Adam et Ève le faisait hurler de rire, et il aimait beaucoup déformer les paraboles, la vie de Jésus. Le pauvre curé n'était pas loin de penser qu'il avait affaire à un démon. Heureusement que des plages de temps paisibles alternaient avec ces épreuves, plages pendant lesquelles le démon lui témoignait une affection touchante, expurgée de toute malignité.

Les années passèrent, inexorables, implacables. Tout peut arriver, même le pis. De préférence quand on ne l'attend pas. C'est ce que Jakez redoutait.

*

Cet être spécial avait attribué des dizaines de noms à ces extraordinaires rochers qui parsemaient la côte. Mis en relief par la pleine lune, il les trouvait vivants, leur parlait comme à des amis. Et des amis, il en avait des milliers ici. Chaque crevette, alevin, crabe ou palourde réclamait son aide, à l'instar de tous les habitants de la mer, quelle que soit leur taille. Il était leur seul défenseur, et ce rôle occupait sans cesse son esprit, à des moments plus intensément qu'à d'autres.

Il en était ainsi depuis qu'il commençait à penser, et cela s'était accentué au fur et à mesure des années. Sa mère lui avait bien dit : « Je continuerai de t'aimer très fort, et veillerai sur toi toujours. » C'était la vérité bien sûr, mais ne jamais avoir de réponse claire quand on lui adressait des questions, ou demandait son avis, lui semblait d'une épouvantable méchanceté. Ce qui lui provoquait des crises de colère difficilement maîtrisables. Heureusement que, dans ces cas-là, une entité lui proposait d'exercer une vengeance contre tous ces salauds qui détruisaient ses amis. Il partait alors en guerre.

Vêtu d'une combinaison de plongée noire, le personnage se fondait dans l'ombre du « grand loup », ce rocher dominant cette crique qu'on appelait le port, où quelques bateaux penchés sur le sable attendaient les flots libérateurs. Attentif à rester dans les zones sombres, il s'approcha de la coque d'une embarcation destinée, il le savait, à ramasser et à faire mourir ses amis. À deux heures du matin, personne ne viendrait le déranger, mais il devait quand même faire vite. Et puis, dans moins d'une heure, la marée aurait atteint les bateaux. Il empoigna son grand couteau-scie, et entreprit de sectionner le gros bout en nylon qui reliait le bateau à son corps-mort.

FÉVRIER 2010

Quand Marie-France se décida à consulter, le verdict tomba, tranchant, impitoyable.

Elle maigrissait depuis quelques mois, des rides empiétaient sur la beauté de son visage. Sa silhouette ne dégageait plus cette sensation d'harmonie, de grâce, qui la distinguait immédiatement dans une réunion. Et puis, une fatigue de plus en plus prononcée gagnait l'ensemble de son corps.

Un matin, en faisant sa toilette, elle détecta une boule suspecte dans son sein gauche, qu'elle n'avait jamais remarquée. Le volume lui parut important. Elle attendit cependant quelques semaines avant de prendre rendez-vous avec son médecin, qui l'envoya aussitôt à Brest dans un service de cancérologie. Il fallait procéder sur-le-champ à l'ablation totale du sein, suivie d'un traitement de chimiothérapie. Décision lourde de conséquences.

Le capitaine de vaisseau était en mission au Moyen-Orient, et l'état de santé de son épouse nécessitait une réorganisation immédiate quant à la gestion du manoir et à la garde de Yohan. Le curé Le Moën ne pouvait pas l'assumer, même si son aide s'avérait indispensable.

À travers le désert de ses sentiments familiaux, l'officier ressentait quand même les effets d'un sort acharné sur son couple. La présence de Marie-France maintenait la cohésion du manoir, et elle portait avec courage le fardeau de leur progéniture. Il avait au moins l'honnêteté de le reconnaître. Sachant qu'il ne pouvait pas transférer cette charge à ses parents, trop âgés, et surtout réticents, il entreprit de trouver quelqu'un de confiance à qui transmettre ces responsabilités, après avoir demandé et obtenu une semaine de permission.

Il comprit très vite qu'il n'y avait personne dans son entourage prêt à endosser ce rôle. Il y avait urgence, Marie-France devant être opérée dans huit jours, avec, à l'évidence, une impossibilité d'être en activité normale pour une durée indéterminée.

Camille, en tant qu'officier de Marine, était un homme de devoir. Qu'on puisse manquer à son éthique, quel qu'il soit, lui était inenvisageable. Constater que sa famille ainsi que celle de sa femme se dérobaient à leurs obligations lui causa une déception profonde, voire une remise en question de leurs rapports.

Alors qu'il réfléchissait dans son bureau, on frappa à la porte.

— Entrez.

Marie-France passa la tête dans l'entrebâillement.

— Pardonne-moi, je vais me coucher. Ton dîner est prêt.

Il se leva, et alla la chercher.

— Viens, s'il te plaît.

Ils s'assirent face à face, presque intimidés.

— Je suis très affecté par ce qui t'arrive et, crois-moi, je vais tout faire pour t'aider.

Elle le dévisagea comme si elle découvrait quelqu'un d'autre.

— Merci. C'est gentil. Je suis désolée, mais je n'arrive plus à faire grand-chose.

— Ce n'est pas ta faute. Repose-toi, je vais trouver une solution. Tout ira mieux après ton opération.

Elle le contempla attentivement. Oui, il était sincère.

— Je le souhaite, mais tu sais, je ne me fais pas trop d'illusions. Tu vivras sans moi dans peu de temps. Cela ne fera pas une grande différence.

— Bats-toi, bon sang ! Ne pars pas perdante !

— J'ai tout raté, ma vie avec toi, notre ambition, et m'en aller ne me fait pas peur. La seule chose que je te demande est de protéger Yohan. Promets-le-moi !

— Je te le promets, solennellement.

*

Le manoir sombre et silencieux, tapi près d'un bois de chêne, s'assoupissait entouré de brume, à l'abri de ses vingt-sept hectares. Pourtant des vies étaient établies çà et là. Les parents La Roche-Maillebois, le régisseur et sa famille dans les communs, Marie-

France endormie dans une vaste chambre, Yohan dans une autre, jouant inlassablement avec une console vidéo, et Camille dans l'immense salon devant l'imposante cheminée où brûlait un feu dont les flammes rongeaient les bûches avec parcimonie. Dans son navire, il se sentait en symbiose avec cette formidable machine de guerre dont il avait la responsabilité en tant qu'amiral. Il la ressentait vivante, peuplée dans ses moindres recoins de tous ses marins, prêts à réagir dans l'instant à l'ordre donné. Il était au sommet de la pyramide qui constituait l'équipage, et la notion de solitude n'existait pas. Alors qu'ici… la notion de gâchis l'accablait.

Comme à bord d'un bâtiment en détresse, il fallait faire face. Comment ? Avec quel équipage ? Ses pensées tournaient en tourbillons épars, tels ces tas de feuilles mortes déplacés par le vent qui se déposaient n'importe où. Alors qu'il se levait pour ajouter une bûche dans le foyer dépérissant surgit un visage dans sa mémoire. Un visage sur une stature d'homme bâti en force. Le marin qui avait sauvé la frégate dans le Pacifique. C'était ce genre d'homme dont il avait besoin tout de suite. Il se rassit après avoir ranimé les flammes, et étudia la possibilité d'embaucher un ancien marin pour gérer le domaine. Pas n'importe lequel : celui auquel il venait de penser. Même revenu à la vie civile, un marin saurait toujours garder quelque chose de particulier dans ses rapports avec un officier supérieur en activité. Dans le souvenir de Camille, il avait terminé son contrat comme quartier-maître, « maistrance » peut-être.

Qu'était-il devenu ? Où le chercher ? En France, depuis Colbert, il est possible de retrouver quiconque a appartenu à une administration, surtout celles de l'Armée et de la Marine. Demain très tôt – on se lève tôt dans ces corporations –, il se lancerait sur la trace de son ancien subordonné. Comment se nommait-il déjà? Qu'importe, avec l'année, la mission du navire donnerait la composition de l'équipage. L'amiral se mit au lit avec une lueur d'espoir qui apaiserait peut-être son sommeil.

Ce ne fut pas le cas, mais il avait l'habitude de dormir peu, et par plages de temps.

Au « Château » à Brest, à l'Amirauté, grâce aux archives numérisées, le préposé lui sortit le nom désiré en cinq minutes: Jean-Marie Legarrec, quartier-maître de première classe, ainsi que l'adresse de son dernier domicile, laquelle datait de plus de dix ans.

Dans le bottin téléphonique, cinq Jean-Marie Legarrec étaient répertoriés, dont trois à Brest. Un seul classé sur la liste rouge. Instinctivement, Camille décida de commencer par celui-là. Grâce à un ami commissaire de police, il obtint le numéro facilement.

À la première sonnerie, quelqu'un décrocha, sans rien dire.

— Pourrais-je parler à Jean-Marie Legarrec, s'il vous plaît?

— Qui le demande?

C'était une voix de femme, d'emblée réticente.

— L'amiral Camille de La Roche-Maillebois. Monsieur Legarrec a été sous mes ordres autrefois. Il était bien marin, n'est-ce pas?

L'interlocutrice laissa passer un silence, le temps probablement de situer qui appelait.

— Jean-Marie est parti travailler. C'est urgent?

Il n'était pas question de tergiverser, trop pressé qu'il était d'aboutir.

— Oui, c'est très urgent. Vous êtes son épouse ?

— Oui.

— Dites-lui de me rappeler au plus vite. J'ai… j'ai une proposition de travail à lui soumettre… intéressante. Qu'est-ce qu'il fait actuellement ?

— Il vous le dira lui-même. Donnez-moi votre numéro de téléphone, s'il vous plaît.

Annick, l'employée de maison qui aidait Marie-France depuis plusieurs années, frappa à la porte en apportant un plateau comme elle en avait l'habitude, à dix heures du matin. Camille prenait juste un café à son réveil, très tôt, qu'il se préparait lui-même lorsqu'il était chez lui.

— Bonjour, monsieur.

Tout en disposant son petit-déjeuner à l'anglaise, bacon avec œufs sur le plat, sur un guéridon, elle se permit de lui glisser :

— Madame n'est pas bien, vous devriez monter la voir. Elle ne s'est pas levée.

Camille, contrarié, expédia son *breakfast*, et se rendit auprès de sa femme. Ils faisaient chambre à part depuis des années. Il ne se souvenait pas de la dernière fois où il était entré dans son intimité. Il fut surpris de l'harmonie des couleurs et de l'élégance avec lesquelles Marie-France avait aménagé son refuge. Yohan était assis sur une chaise à côté du lit et lui tenait la main. À la vue de son père, il se raidit, comme s'il redoutait des coups. Pourtant il y avait bien longtemps que Camille ne l'avait pas frappé, et encore juste une gifle à la suite d'une colère injustifiée. La réaction avait été tellement catastrophique

que ce geste ne s'était jamais reproduit. Mais son souvenir perdurait, ineffaçable dans la mémoire de cet être si différent.

— Je suis incapable de me mettre debout. Excuse-moi.

— Tu n'as pas à t'excuser. Je vais appeler notre médecin.

— Si tu veux… Tu as pris ton petit-déjeuner ?

— Oui. J'essaie de trouver quelqu'un pour…

Les trois sonneries du téléphone, disposées de façon à bien les entendre de partout, retentirent dans le manoir.

— Je reviens, dit Camille en quittant la chambre.

Annick avait décroché et lui tendait l'appareil.

— C'est pour vous, monsieur.

— Je le prends dans mon bureau.

Il s'enferma, s'assit, et saisit son vieux téléphone en bakélite marron dont il n'avait jamais voulu se séparer.

— La Roche-Maillebois, j'écoute.

— Bonjour, monsieur. Jean-Marie Legarrec.

— Vous avez fait vite, c'est bien.

— Ma femme m'a prévenu sur mon portable.

— Je ne veux pas de portable, mais vais-je avoir le choix… Pouvez-vous venir me voir aujourd'hui ?

— Euh… Oui. Dans la soirée ?

— Pour le déjeuner, ce n'est pas possible ?

— Tout dépend de l'endroit où vous vous trouvez.

— Mon… ma maison est à Guissény.

— Ah ! Alors pas de problème, monsieur.

— Parfait. Douze heures trente ?

Jean-Marie nota soigneusement les explications pour se rendre chez les La Roche-Maillebois.

Qu'allait-il lui proposer le… le quoi maintenant ? Amiral ? Là n'était pas la question. Comme une embauche dans la Marine était exclue, il était trop vieux, il ne pouvait s'agir que d'un emploi privé. Lequel ? Huit ans auparavant, Thierry Gondrand s'était fait virer de l'entreprise Hervé et fils pour malversations. Soupçons de malversations, les preuves n'étant pas flagrantes. L'habileté de l'expert-comptable à prélever des fonds de l'entreprise pour les expédier sur le compte *offshore* aux îles Caïman était un chef-d'œuvre du genre. Le P.-D.G. avait préféré se séparer d'un cadre douteux sans procès interminable, coûteux, à l'issue incertaine. Ce qui lui était revenu cher également avec les indemnités de licenciement, Gondrand ayant bien négocié son départ. Compte tenu de leur amitié et complicité notoires, Legarrec avait aussi quitté l'entreprise pour suivre l'expert-comptable qui fondait son cabinet à Lesneven. Son carnet d'adresses bien rempli lui permettait de démarrer dans de bonnes conditions. Mais une fois les travaux d'installation terminés, il n'y avait pas eu de travail pour Jean-Marie. Il reprit alors sa quête d'emplois intermittents, surtout comme docker grâce à sa robuste constitution, Pôle emploi, qui l'appréciait, lui fournissant régulièrement des embauches.

Linda se trouvait toujours à ses côtés. Ils s'étaient même mariés. Une curieuse relation s'était établie avec Thierry Gondrand. Ce n'était pas un ménage à trois, mais par moments, Linda assurait sa domination sexuelle sur le rouquin, ce qui lui permettait de surveiller ses activités, notamment l'approvisionnement du compte *offshore* que Jean-Marie effectuait avec ses économies. Cette situation avait commencé alors qu'ils se trouvaient aux îles Caïman pour y passer des vacances, joignant l'utile à l'agréable. Et l'agréable se traduisait par une orgie mémorable dont Linda, déchaînée, incarnait la débauche absolue. Les deux hommes y avaient succombé, et depuis, sans commentaires ni pourparlers, l'un et l'autre savaient très bien ce qui se passait. Ce qui les arrangeait. Gondrand ne voulait pas vivre en couple. Il était émerveillé d'avoir une telle maîtresse, de surcroît femme de son meilleur ami, sans que cela fasse des histoires. De son côté, Jean-Marie « contrôlait », par l'intermédiaire de son épouse, le bon fonctionnement de ce qui maintenant était devenu un pécule confortable, une sorte d'assurance vieillesse dans ce paradis fiscal.

À l'entrée de la grande allée de chênes qui menait au manoir, Legarrec fut très impressionné. Il n'avait pas imaginé que l'officier de Marine puisse vivre dans une propriété aussi majestueuse. Il se souvenait d'un homme rigoureux, mais pas imbu de sa personne, entièrement dévoué à sa tâche, et discret dans ses moments de repos. Très concis dans ses ordres – le métier veut ça – et peu disert dans les quelques discours qu'il devait prononcer. L'équipage se sentait bien sous son commandement, et le respectait sans réserve.

Annick lui ouvrit la lourde porte.

— Monsieur vous attend. Suivez-moi.

L'intérieur du manoir, un peu austère, présentait toutefois un aspect aussi exceptionnel qu'à l'extérieur par ses dimensions et ses objets d'art.

La galerie des portraits ancestraux des Maillebois intimait aux visiteurs, dès leur entrée, une attitude soumise. Le grand bureau où se tenait Camille perpétuait cette atmosphère. Il se leva et salua Jean-Marie, qui faillit se mettre au garde-à-vous.

— Asseyez-vous. Nous déjeunerons ensemble de façon à ne pas perturber votre journée.

Legarrec retrouva spontanément son attitude d'obéissance envers cet homme qu'il avait toujours estimé. Ses traits bien marqués par l'âge le mettaient en valeur, et sa haute taille ne s'était pas voûtée. Pourtant ses yeux démentaient son expression d'équilibre, son maintien parfait par une lueur mélancolique.

— Alors, qu'êtes-vous devenu, monsieur Legarrec ?

— Rien de bien particulier, monsieur. J'ai eu divers emplois dans des entreprises, chauffeur de maître, docker et matelot pour la Marine marchande. Je n'ai pas réussi à exercer très longtemps un métier stable dans une société. Peut-être par envie d'indépendance. Et comme vous le savez, je me suis marié.

— Vous n'avez pas d'enfant ?

— Non. Ma femme et moi n'en désirons pas. Nos enfances réciproques nous en ont dissuadés.

— Je comprends… Je vous ai fait venir car j'ai besoin de quelqu'un de confiance. En dehors du monde de la Marine, le sens des responsabilités, le civisme me paraissent quelque peu relâchés. Or, je me suis souvenu de votre conduite exemplaire lorsque vous étiez sous mes ordres.

Camille marqua une pause, hésitant à aborder le triste contexte de sa vie personnelle. Mais il fallait aller droit au but, ce qu'il avait toujours fait en son âme et conscience, selon la formule qu'il affectionnait, sans se poser la question de savoir si son âme et sa conscience tenaient compte de tous les paramètres avant d'exprimer son opinion.

— Ma femme est gravement malade, mon fils est… handicapé mental et mes parents, âgés, ne sont pas capables d'assurer la gestion du domaine. J'ai un régisseur qui depuis quarante ans remplissait parfaitement ses fonctions, mais il attend maintenant que je le remplace pour prendre sa retraite et rejoindre ses enfants partis vivre en Savoie. Comme je ne suis pas souvent présent, vous savez pourquoi mieux que quiconque, je dois pouvoir partir l'esprit tranquille compte tenu des circonstances.

Il se tut, appréciant son vis-à-vis qui écoutait attentivement, le regard fixé dans le sien.

— Si vous acceptez, vous serez logé gracieusement, j'ai aménagé les communs confortablement, et je vous propose un salaire de trois mille cinq cents euros mensuels. Il va sans dire que tous les frais d'électricité, de chauffage ou d'entretien sont à ma charge. Si cela vous convient, vous pouvez venir dès que vous le désirez. Nous pouvons régler tout ça dans la semaine.

Jean-Marie dut faire un effort pour ne pas manifester une réaction jubilatoire. Le salaire était du niveau d'un cadre d'entreprise. Avec le chauffage et l'électricité offerts, dans une demeure aussi prestigieuse, c'était inespéré.

— Cela me convient très bien, monsieur, je serais heureux de vivre ici avec ma femme, et j'aurai à cœur de vous satisfaire. Je suis libre de suite.

Camille, lui, ne put retenir un soupir de soulagement. Mais il y avait peu de temps pour régler tous les détails.

— Très bien, monsieur Legarrec. Votre acceptation allège mes soucis immédiats. Venez, nous allons voir mon vieux régisseur pour organiser son départ et votre arrivée. Ensuite je vous présenterai mon épouse et mon fils, après avoir sommairement parcouru le domaine.

*

J'enrage!

Ils ont remis leurs bateaux à l'eau la semaine dernière, et hier j'ai vu un de ces assassins revenir avec un casier en plastique empli de mes pauvres amis, dont certains, à l'agonie, ouvraient désespérément la bouche pour avaler de l'eau! « Bravo, belle pêche! » s'esclaffaient *les irresponsables qui l'accueillaient sur la digue. Le massacre va recommencer, s'ajoutant à celui des professionnels. Un jour, la mer sera pleine des ordures jetées par les hommes, et il n'y aura plus un seul être vivant dans cette merveille, peut-être unique dans l'univers. Deux semaines auparavant, à genoux devant un dauphin qui venait de mourir, horriblement blessé, j'ai pleuré longtemps, jusqu'à ce que le jour se lève. Je me suis juré de le venger, de continuer de venger tous les autres aussi, comme je le fais depuis toujours. Si j'en avais les moyens, je construirais un bateau spécial, et j'irais éventrer tous ces monstres-usines qui exterminent mes amis à grande échelle. L'eau du ciel commence à manquer en Europe, comme dans beaucoup de pays désertiques. Les entreprises de dessalement d'eau de mer vont se multiplier, polluant aussi les terres et les océans. Tout ce qui vit, en dehors des huit milliards de fous qui détruisent tout, va disparaître inexorablement. Je dois lutter de toutes mes forces pour ralentir ce processus.*

Ah, je viens de dépasser les « deux pigeons », mes deux beaux blocs de rocher qui se contemplent amoureusement. Les nuages, imposants, circulent lentement. J'attends dans l'ombre qu'ils masquent la grosse lune pour progresser. Je dois me méfier des gendarmes qui passent plus souvent en pleine nuit. Mais ils ne vont pas plus loin que le bord du sable, scrutant les lieux avec leurs jumelles à vision nocturne. Feignants!

J'arrive enfin près des bateaux. Il me reste une heure et demie avant que la marée les soulève. Il faut bien calculer mes horaires pour ne pas prendre le risque qu'ils m'interceptent. Une fois, j'ai pris un bain pendant un temps interminable avant que les gendarmes s'en aillent. Avec une tenue de plongée, derrière un rocher, je ne pouvais pas me faire remarquer. Ma visseuse-perceuse était devenue inutilisable. Maintenant je l'emporte dans un sac étanche. Mais ce soir, j'ai apporté un coupe-boulons pour sectionner les câbles des haubans. Parce que ces messieurs les pêcheurs-plaisanciers veulent aussi naviguer à la voile. Heureusement, j'ai un modèle puissant, et ne perds pas de temps pour couper seulement ceux de deux embarcations. Les mâts tombent sans trop de bruit. Une ou deux fois, j'ai eu affaire à des bateaux dont le mât restait debout sans ses câbles. Mais, privés de haubans, il leur était impossible de naviguer, la ou les voiles se seraient chargées de le casser.

Je rebrousse chemin afin de regagner mon logis. À mon tour de guetter la colère de ces salauds et de me réjouir de leurs suppositions quant au nom de l'auteur des méfaits. C'est une récompense.

*

Aidée de sa fidèle Annick, Marie-France avait fait l'immense effort de se lever, de s'habiller et, après s'être à peine nourrie, était descendue rejoindre son mari qui se trouvait en compagnie d'un personnage qu'il paraissait bien connaître. Yohan l'avait quittée pour aller déjeuner à la cuisine.

Camille fit les présentations, alors qu'elle se délassait, épuisée, dans un fauteuil.

— Monsieur Legarrec était marin à bord de la frégate que je commandais dans le Pacifique.

Elle acquiesça en lui tendant la main.

— Et il va remplacer notre bon Guillou qui peut enfin prendre sa retraite. Ce sera fait à la fin de la semaine.

Marie-France se sentit rassurée par la sensation de force qui émanait de cet homme, mais aussitôt, l'anxiété perpétuelle, suscitée par le comportement de Yohan avec les autres, l'assaillit.

— Mon mari vous a parlé de notre fils ?

— Oui, bien sûr. Nous attendions votre venue afin de le rencontrer. Monsieur m'a dit qu'il vous aimait beaucoup. Vous serez mon intermédiaire pour qu'il m'accepte plus facilement. Ne vous inquiétez pas, je m'occuperai bien de lui.

C'était dit d'un ton sincère, ce qui lui fit du bien. Elle était tellement désespérée de ne plus être aux côtés de son fils dans un avenir proche, comme elle le pressentait. Ce pauvre jeune homme dont l'esprit ne vieillirait jamais.

— Vous verrez, c'est un garçon de vingt-neuf ans qui a la mentalité d'un enfant de dix ans, et c'est très surprenant.

Camille, stupéfait, entendit une description minutieuse de toutes les facettes du caractère de son fils qui en faisaient un être complexe, riche d'une personnalité attachante hors norme. Ce qui ne correspondait en rien à la perception qu'il en avait.

De son côté, Legarrec écoutait attentivement. Sans être un expert psychologue, il mesurait le gouffre qui existait au sein du couple. Couple qui bientôt ne serait plus, étant donné l'état de cette femme. S'occuper d'un homme-enfant, somme toute assez autonome, ne le rebutait pas. Il se souvenait de jeunes marins dont les raisonnements simplistes ne les empêchaient pas d'accomplir leur tâche.

— Et surtout, ne soyez jamais violent avec lui, même oralement. Il ne le supporte pas, et cela enclenche un processus d'autodestruction dangereux.

— Merci de cette précision. Je surveillerai mes réactions.

— Bien. Je vais chercher Yohan.

Camille se leva, les laissant en tête à tête. Marie-France et Jean-Marie se dévisageaient, conscients que l'instant était crucial.

— Mon mari n'a jamais aimé son fils qui a gâché notre projet de famille nombreuse car, après lui, je ne pouvais plus procréer. Je vais bientôt disparaître ; si, je le sais. Pour quitter ce monde l'âme en paix, pouvez-vous me jurer sur votre honneur que vous protégerez mon fils, même si vous ne parvenez pas à l'aimer ?

Legarrec était malgré lui très ému, lui dont l'enfance avait été saccagée par son père. Il se sentit atteint par cette femme au bord de la mort et, comme rarement dans son existence, il décida de s'engager.

— Je vous le jure, madame, tant que je vivrai.

— Merci…

Elle ferma les yeux, esquissant un sourire. Elle s'était lancée, mue par le désespoir pour accrocher cet inconnu, et elle avait réussi ! C'était miraculeux.

— Maman !

Yohan courut jusqu'au fauteuil pour prendre sa mère dans ses bras, et poser sa tête dans son cou.

Camille revint s'asseoir, tandis que Legarrec observait l'énergumène dont il devait dorénavant assurer la protection. Celui-ci dut le sentir, car il tourna la tête vers lui sans quitter sa posture.

— Alors, c'est toi qui remplaces Youyou ?

— Oui. Et content de le faire.

— Tu me laisseras grimper aux arbres ? Parce que Youyou, il a jamais voulu.

— On pourra même construire une cabane dedans, mais avec moi. Je ne te laisserai pas seul.

— Ouais ! Cool ! T'es d'accord, maman ?

— Bien sûr.

— Monsieur Legarrec était marin avec moi autrefois, intervient Camille.

— Ah ! « *Pour un qui s'en louera, dix mille s'en plaindront. La mer promet monts et merveilles : fiez-vous-y ; les vents et les voleurs viendront.* »

Yohan avait récité les vers en chantonnant. Jean-Marie, surpris, lui demanda de quel auteur il s'agissait.

— Ben, c'est La Fontaine ! La fable du Berger et la Mer. Je les connais toutes. C'est Jakez qui me les a apprises. Et lui, il les a oubliées ! C'est dingue, non ?

— Jakez Le Moën est notre curé et notre vieil ami, précisa Marie-France. Il nous a mariés et connaît Yohan depuis sa naissance.

— Ouais, même que des fois, il est pénible !

— Pourquoi tu dis ça ?

— Il me casse les bonbons avec son bon Dieu !

— Il est croyant, comme nous, tu sais bien.

— Oui, m'man, mais j'ai pas le droit d'en rire avec lui ! Il a pas d'humour.

La Roche-Mallebois contemplait son fils, atterré. Il jeta un coup d'œil à son nouveau régisseur qui, lui, semblait amusé. C'était déjà ça d'acquis.

— Tu viens vivre ici tout seul ?

— Non, ma femme m'accompagne.

— Ah, t'es marié. Elle est belle, ta femme ?

— Tu le découvriras toi-même.

— J'aime bien les belles gonzesses. Tu l'aimes ?

— Oui, beaucoup.

— « *Tout est mystère dans l'amour, ses flèches, son carquois, son flambeau, son enfance ; ce n'est pas l'ouvrage d'un jour que d'épuiser cette science.* » L'Amour et la Folie. Je lui réciterai des fables. Tu crois qu'elle aimera ça ?

— Sûrement, dit Legarrec en riant. Tu as une sacrée mémoire !

— Uniquement pour Jean de La Fontaine, précisa Camille. Tu veux bien aller jouer maintenant ? On a plein de choses à voir avec monsieur Legarrec.

— D'accord, papa… C'est quoi, ton petit nom ?

— Jean-Marie.

— Salut, Jean-Marie. À plus.

Yohan lui prit la main et la secoua avec vigueur.

— Salut, Yohan. À samedi.

Il sortit de la pièce, faisant des gestes désordonnés qui traduisaient son contentement.

— Je crois que vous lui plaisez bien, dit Marie-France, heureuse de ce premier contact.

— C'est une personnalité étonnante. Il n'est pas désagréable du tout.

Il faillit ajouter : « Je m'attendais à pire. »

L'amiral, très satisfait par l'attitude naturelle de son ancien quartier-maître, sentait ses craintes diminuer sensiblement.

— Je vais vous préparer la liste de tous les artisans et fournisseurs avec lesquels nous sommes… Oui, Annick ?

La cuisinière-aide-ménagère-femme de confiance à tout faire ouvrait la porte, après avoir frappé.

— Monsieur le curé Le Moën est là, monsieur.

— Ah, très bien. Faites-le entrer.

Comme il était derrière elle, elle n'eut qu'à s'effacer pour qu'il apparaisse. Les hommes se levèrent, alors qu'il embrassait Marie-France assise dans son fauteuil.

— Mon cher Jakez, je te présente Jean-Marie Legarrec qui va remplacer Jean Guillou.

La poigne puissante du nouveau venu impressionna l'ecclésiastique qui redoutait, en connaissance de cause, l'usage de la force par ceux qui en étaient dotés sur leur milieu familial. Et puis quelque chose dans son regard lui déplut. Il s'efforça de chasser sa mauvaise estimation.

— Monsieur Legarrec était marin, reprit Camille, à bord d'un navire que je commandais. Son service était irréprochable. Et je suis heureux à la fois de l'avoir retrouvé et qu'il ait accepté de travailler pour nous.

— Bienvenue à Guissény, Jean-Marie ! Vous arrivez dans une famille que je considère un peu comme la mienne. Et si vous le désirez, je suis à votre service. D'autre part, si je peux vous aider à l'avenir pour Yohan, n'hésitez pas. Je le connais depuis sa naissance, et je l'aime beaucoup malgré sa différence et ses… facéties.

Il eut un rire laissant imaginer tout ce qu'il avait pu endurer comme énormités avec le phénomène.

— Je suis certain que votre aide me sera précieuse, mon père. Vous pouvez compter sur moi également, si vous avez besoin d'un coup de main pour quoi que ce soit.

Marie-France se redressa péniblement en s'appuyant sur ses accoudoirs.

— Permettez-moi de me retirer, monsieur, je suis bien fatiguée. Jakez, s'il vous plaît…

Il la soutint de toutes ses forces pour qu'elle puisse se mettre debout. Avant de partir, elle tendit la main à Legarrec, le regardant intensément.

— Au revoir, monsieur. Votre présence ici me rassure.

— Merci, madame. Je ferai de mon mieux.

Elle sourit à son mari, ce qui était rare et, appuyée sur son ami, elle regagna sa chambre.

*

— Je vais essayer de remettre votre épouse en état pour son opération, mais elle ne sera pas dans une condition idéale. Il serait nécessaire à mon avis d'en parler à son chirurgien.

Le nouveau généraliste de la famille, sérieux et compétent, avait conquis rapidement sa clientèle. Camille La Roche-Maillebois se fiait à ses diagnostics. Il avait eu lui-même recours à ses bons soins et s'en félicitait.

— Il me semble, docteur, que vous êtes tout désigné pour contacter ce praticien. Je vous fais entièrement confiance quant aux décisions à adopter. Je dois prendre mon commandement dimanche, et appareille mardi pour une mission importante d'une durée d'au moins un mois et demi. Vous pourrez me joindre à tout moment par l'intermédiaire de l'Amirauté. Voici mes coordonnées.

Le médecin hocha la tête, dubitatif.

— J'espère ne pas avoir à vous annoncer une mauvaise nouvelle.

Camille se raidit, les yeux perdus dans la contemplation du tapis.

— C'est à ce point-là ?

— Oui, je ne vais pas vous raconter d'histoires, vous me le reprocheriez.

L'amiral soupira, se sentant prisonnier du déroulement de son existence.

— Je ne peux pas différer mon départ. Il se passe des événements graves au Moyen-Orient, et la présence maritime française est indispensable.

— Je comprends…

Il prit sa grande serviette en cuir et tendit la main.

— Quoi qu'il arrive, je n'abandonnerai pas votre épouse. Au revoir, monsieur.

Camille étouffait moralement. Il sortit marcher dans le parc, berceau de ses jeux d'enfant et gardien indéfectible de souvenirs exceptionnels. Quelle était la signification de ses deux vies parallèles ? L'une, entièrement réussie, conforme à ses aspirations ; l'autre, désastreuse, contrariant tous ses désirs, pire : le punissant, alors qu'il s'efforçait de se conduire d'une manière exemplaire, sans trahir sa foi… Vraiment exemplaire ? Le doute l'entraîna dans l'amertume. N'avait-il pas fait payer à cette belle femme, devenue la sienne, le prix d'un acte dont elle n'était pas responsable, la naissance d'un enfant hors norme humaine ? Ne l'avait-il pas détruite par sa froideur, son égoïsme ? Lui laissant la charge entière de son devenir ? Il allait un jour prendre sa retraite et sa solitude serait effroyable, ses parents ne lui apportant pas non plus ce qu'il n'arrivait pas bien à définir : l'intelligence du cœur.

*

Après une accalmie de plusieurs jours avec du soleil, le mauvais temps sévissait de nouveau. Ce qui ne faisait pas baisser la tête aux autochtones du pays Pagan. Ici, on affrontait la Nature depuis la naissance, on était tellement habitués qu'on en tirait de la force sans même s'en rendre compte. Une phrase banale par-ci, par-là, par réflexe, pour commenter ce que tout le monde savait. Chez Ty Porzh comme ailleurs. Loïc Pouliquen fulminait en lisant son *Télégramme*. Les gesticulations politiques l'exaspéraient, les faits divers aussi. Rien ne trouvait grâce à ses yeux, même les habitants de son village qu'il estimait stupides, telles toutes les contraintes que l'organisation sociale ne cessait d'inventer, au nom d'un progrès de plus en plus incohérent.

— Tu me remets un canon, Pierre, s'il te plaît ?

— Tout de suite.

Le seul endroit correct se situait ici, dans son petit café, son véritable lieu d'existence, surtout d'observation, car il ne communiquait pas avec les clients, se contentant de saluer ceux qu'il détestait le moins. Du haut de son donjon, sous sa casquette marine, il bombardait le monde de son mépris, quand ce n'était pas de sa colère. Envoyer un coup de pied dans la fourmilière constituait son envie permanente. L'unique pensée calmante provenait de l'évocation de son épouse, avec le sentiment de ne pas avoir été un mari suffisamment attentionné. Alors qu'elle, mariée à un marin de la Royale, avait été exemplaire, élevant leurs enfants dans le respect de leur père et des règles morales. Saloperies d'enfants, qui ne donnaient guère signe de vie. Quel monde ! Ah, il ne fonctionnait pas comme ces merveilleuses mécaniques qu'il avait jalousement entretenues sur les formidables navires de guerre, pendant toute son activité professionnelle. Là, pas de chienlit, pas de n'importe quoi : tout était bien organisé, pensé avec rigueur. Et les hommes suivaient, sinon ils étaient sanctionnés.

Un couple entra, chacun vêtu d'un ciré bleu marine. Des touristes, qui se frictionnaient les mains en se plaignant du froid au mois de juin. Ils n'avaient qu'à aller en Afrique, ce serait beaucoup mieux, au lieu de venir gémir dans notre belle région.

— Est-ce qu'on peut trouver une bonne auberge pour déjeuner ? demandait la femme à Nédelec.

Le genre à renvoyer son plat parce qu'il n'est pas assez chaud. Qu'elle aille au diable. Loïc laissa de la monnaie sur le comptoir, et quitta les lieux. Le mauvais temps lui convenait très bien.

*

Vendredi après-midi, le gros camion pour le déménagement de Jean Guillou s'en allait, alors que le vieux régisseur venait saluer les gens du manoir qu'il avait servis pendant quarante ans. Marie-France, en meilleure forme, s'était jointe à son mari, son fils et ses beaux-parents, pour offrir un verre d'adieu à ce fidèle employé. Yohan, bouleversé, ne lui lâchait pas la main. Son Youyou, qui veillait toujours sur lui depuis ses premiers pas, le quittait. C'était très dur à admettre. D'ailleurs il ne l'admettait pas.

— Je reviendrai te voir, disait le brave homme, sachant pertinemment que ce ne serait pas le cas.

Yohan resta longtemps, après que la voiture de Guillou eut disparu, à agiter la main en pleurant au bout de la grande allée de chênes, sa mère à ses côtés essayant de le consoler.

Heureusement, l'arrivée de Legarrec, le lendemain matin, lui rendit sa joie de vivre. La vue d'Linda focalisa toute son attention, malgré le fait qu'elle ait revêtu un simple pantalon en jean et un blouson de cuir marron. Le comité d'accueil était le même que celui du départ de la veille.

Camille présenta Legarrec et sa femme à ses parents, rassurés à l'avance d'avoir affaire à un marin, référence indiscutable, mais réticents quant à l'allure de sa compagne. Enfin, ce n'était pas le plus important.

Marie-France, contrariée par l'attirance spontanée exercée par cette femme un peu vulgaire sur son fils, essayait néanmoins d'être avenante en lui faisant visiter plus tard le logement où elle allait vivre. Logement soigneusement nettoyé par Annick, et dont le confort était correct. Linda, tout intimidée par les lieux, et par ces gens appartenant à la noblesse, se contentait d'approuver tout ce qu'on lui expliquait en souriant. Jean-Marie lui avait décrit l'état maladif de leur future patronne et surtout la particularité de l'unique rejeton. Ce qui l'amusait car, d'emblée, elle avait compris qu'elle le fascinait.

— J'espère que vous vous plairez ici, dit madame de La Roche-Mallebois. Et si quelque chose ne vous convient pas, dites-le-nous tout de suite. Nous y remédierons.

— Tout ira bien, madame, ne vous en faites pas. Votre château est très beau !

Marie-France eut un petit rire d'amusement.

— Ce n'est pas un château, c'est le manoir de la famille de mon mari. Maintenant, si vous le voulez bien, je vais aller me reposer. On a dû vous dire que j'étais malade.

— Oui, Jean-Marie m'a prévenue.

— Il a dû vous dire aussi, et vous l'avez compris en arrivant, que mon fils n'est pas normal. Il est handicapé mental, à tendance autiste, mais il est très affectueux et ultra-sensible. Ne soyez jamais violente avec lui, car cela le détruit. Si vous faites l'effort de le comprendre, voire de l'apprécier, vous découvrirez quelqu'un d'intéressant, bien que déroutant. Je compte sur vous pour au moins l'accepter.

— Bien sûr, madame. Il n'y a pas de raison que ça n'aille pas.

Mon Dieu, faites qu'il ne se produise pas de drame ! pensa Marie-France en retournant à sa chambre.

Conformément à sa promesse, son médecin l'avait remise en meilleure forme en vue de son opération. Ce qui n'avait pas apaisé son angoisse.

Camille embarquait le lendemain soir à destination du Moyen-Orient au large de la Syrie.

*

Jakez Le Moën faisait sa visite dominicale au manoir, alors que Camille préparait sa valise sous l'œil attentif de sa femme. Par discrétion, il s'installa au salon en attendant qu'ils descendent.

Lorsque le bagage fut bouclé, Marie-France s'approcha et dit à son mari :

— C'est peut-être la dernière fois que je te vois partir. Prends soin de toi, et de notre fils, le mieux que tu pourras. Sache que je n'ai ni amertume ni griefs. Dieu en a décidé ainsi de notre destin. Je… je n'ai aimé que toi.

Atteint beaucoup plus qu'il ne l'aurait voulu, l'amiral la prit dans ses bras, ce qu'il n'avait pas fait depuis des lustres.

— J'espère que tu te trompes et que je te retrouverai d'aplomb après ton opération. Moi aussi, je n'ai eu que toi dans ma vie, et je n'ai pas su faire face aux épreuves que Dieu nous a envoyées. Je te promets en rentrant d'être plus à tes côtés.

Ils s'étreignirent, conscients du gâchis de leurs années communes. Jakez resta en leur compagnie jusqu'à ce qu'une voiture vienne chercher Camille. La séparation du couple fut peut-être plus poignante sans un mot, le regard se chargeant seul de transmettre l'énorme poids du chagrin.

*

Les cinq mille tonnes du destroyer, après avoir franchi le détroit de Gibraltar, se dirigeaient vers sa destination à la vitesse de vingt nœuds, son maximum étant fixé à trente.

L'amiral passait en revue son équipage de deux cent cinquante hommes avant le départ.

Le bâtiment, bien armé, lui inspirait de la fierté. Il eut une pensée pour ses ancêtres qui avaient dû ressentir ce sentiment pour chacun de leurs navires, qu'il soit à voile ou à moteur. Et aussi la nostalgie de quitter leur poste. Camille soupira. Dans quatre ans, il partirait en retraite. Ce serait abominable d'abandonner ce à quoi il avait consacré toute sa vie. Il rejeta cette perspective pour savourer l'instant présent, l'instant où il faisait corps avec ce fabuleux vaisseau, et ses marins dont il assumait le commandement. Après le dîner en compagnie de son officier en second, il se retira dans sa cabine afin de lire avant de s'endormir. Il possédait une vieille édition de *La Messe sur le monde* de Teilhard de Chardin qu'il se plaisait à relire de temps en temps. Ce prêtre scientifique l'intriguait toujours.

Alors que le destroyer n'était plus qu'à vingt-quatre heures de son point de ralliement, un message de l'Amirauté de Brest parvenait au radio de service qui s'empressa de le faire porter à l'amiral. Il était dix-huit heures. Camille apprit ainsi que Marie-France avait été rappelée auprès de son créateur, tel qu'elle le croyait, et peut-être le désirait. Il resta immobile, le message à la main, comme paralysé par des courants de pensée contraires. L'image de sa femme le jour de leur mariage s'imposa, rayonnante de beauté, de bonheur. Un gong lointain, dévastateur, lui annonça son entrée définitive dans une solitude absolue, où même sa foi ne lui apporterait pas le pardon de la faute envers sa compagne qu'il avait abandonnée, ainsi que son fils.

Le lendemain matin, la logistique étant réglée, il montait à bord de l'hélicoptère du destroyer qui le déposa une heure et demie plus tard à l'aéroport de Beyrouth, où il prit le tout nouvel Airbus A318 à destination de Roissy-Charles-de-Gaulle. Après transfert à la gare Montparnasse et quatre heures et demie de TGV, Legarrec l'accueillait au volant de la mythique DS Pallas.

— Je suis profondément désolé, monsieur. Je vous présente mes sincères condoléances.

— Merci… Jean-Marie. Vous permettez que je vous nomme par votre petit nom ?

— C'est un honneur, monsieur.

Pendant le trajet, le quartier-maître lui fit le récit des derniers instants de Marie-France.

— Annick est venue me chercher, affolée. Elle apportait un thé à votre femme, et elle l'a trouvée inanimée avec Yohan auprès d'elle qui pleurait parce qu'elle ne lui répondait pas. Elle a téléphoné immédiatement à votre médecin qui, trois quarts plus tard, a constaté son décès. J'ai prévenu l'Amirauté aussitôt. D'après ce que j'ai pu déduire des propos de votre fils, elle s'est éteinte paisiblement.

— Et Yohan ?

— Il a refusé de la quitter. Votre ami le prêtre Jakez, qu'Annick avait averti également, est venu veiller votre épouse et tenir compagnie à Yohan. Il est encore là aujourd'hui, et vous attend.

— Comment se comporte mon fils, maintenant ?

Legarrec jeta un coup d'œil à son patron dans le rétroviseur.

— Il est prostré, parle à sa mère par intermittence, et reste sur sa chaise sans lui lâcher la main… Votre présence sera indispensable.

Camille s'appuya contre le dossier de la moelleuse banquette en fermant les yeux. Ce n'était pas par fatigue, mais pour signifier à son chauffeur qu'il ne désirait plus parler. « Indispensable »… le mot se contorsionnait dans son esprit, échappant à toute forme d'application pour apporter son réconfort à un homme handicapé, alors qu'il l'avait rejeté. Fournir un effort… Oui, bien sûr. Comment ? Par des paroles ? Des gestes ?

*

C'était spectaculaire. Il y avait tellement de monde pour la messe à la mémoire de Marie-France qu'un groupe important n'avait pu entrer dans l'église. Une foule hétéroclite venait rendre hommage à la belle fille dont la beauté légendaire restait bien présente dans l'esprit de la gent masculine. Sa gentillesse aussi. Même les anticléricaux reconnaissaient sa disponibilité de toujours pour aider quelqu'un, tandis qu'elle-même traînait une charge passablement lourde. Et puis elle était si sérieuse, alors qu'elle aurait pu profiter des absences de son mari pour avoir des aventures. De méchantes langues, peu nombreuses, suggéraient bien que le curé Le Moën se rendait très souvent au manoir. « Ce n'était pas pour rien, voyez ce que je veux dire… »

Un monceau de fleurs entourait le catafalque, et Jakez veillait à ce que la photo de la défunte ne soit pas posée dessus, afin de ne pas choquer davantage le pauvre Yohan. Étaient présents à ces funérailles menées dans le pur respect de la tradition bretonne les familles La Roche-Maillebois et Queré, et tous ceux qui les approchaient depuis longtemps, employés, fournisseurs, ainsi que les Legarrec. Linda s'était acheté une robe noire pour la cérémonie, avec une veste de la même couleur. Bien que l'ensemble soit sobre, sa silhouette demeurait presque indécente, tant elle dégageait une sensualité puissante par son physique superbement conservé. Les hommes louchaient sur ses jambes, attirés irrésistiblement comme les guêpes sur les fruits mûrs. Les femmes pressentaient les pires ennuis avec ce genre de dévergondée car, à l'évidence, c'en était une. Camille, lui, ne voyait rien, n'entendait rien. Il se levait ou s'asseyait selon le rituel de la messe, perdu dans les images lointaines du début de son mariage. Yohan ne suivait pas forcément ces mouvements, mais personne ne songeait à le lui reprocher.

Quand Jakez commença son homélie, il se mit à sangloter. Camille plaça une main sur son épaule en signe d'apaisement, mais ça n'eut aucun effet. Le prêtre interrompit son discours.

— Si tu veux sortir, Yohan, tu as le droit. On se retrouve tout à l'heure.

— D'accord, je vais aller attendre maman dehors.

Un murmure parcourut l'assemblée, tandis que le jeune homme se levait et quittait l'église. Le Moën reprit le vibrant hommage qu'il s'était appliqué à rédiger de toute son affection pour la défunte, sans grandiloquence, ce qui atteignit son audience. Certains non-croyants diraient plus tard : « Avec un curé comme ça, j'admets la religion ! »

À la sortie de cet office, Camille, stupéfait, découvrit Yohan debout devant l'attelage du corbillard, enlaçant de ses bras les naseaux du grand cheval frison, la tête appuyée sur son chanfrein. L'animal, immobile, semblait recevoir la détresse de l'humain, attentif à ne pas bouger pour mieux le réconforter.

Le cocher, gêné, ne se décidait pas à interrompre cette union évidente, inopinée en cette circonstance. Le cortège se formait tandis que le personnel des pompes funèbres chargeait le cercueil sur le plateau entouré de draps noirs, décorés de liserés argent.

Camille s'approcha de Yohan.

— Tu viens avec moi, dit-il doucement.

— Oui.

— Tu aimes cette grosse bête ?

— Oh, oui ! J'en veux une… s'il te plaît.

— Ah ! Mais je ne sais pas où…

Le cocher, qui suivait le dialogue, intervint :

— Si vous voulez, monsieur, je peux vous donner les coordonnées de l'élevage où j'ai acheté celui-là. Ce sont des amis, et je crois savoir qu'il y a en ce moment une jument de deux ans, tout juste débourrée.

Camille chercha dans ses poches de quoi noter l'adresse. Yohan, tout à coup, regardait son père avec intérêt, sans pour autant quitter sa position.

— Tu vas me l'acheter ?

— Oui. Viens avec moi maintenant.

Yohan s'approcha, tête baissée.

— Merci, papa.

— Regarde-moi.

Dans le regard de son fils, Camille perçut l'expression même du désespoir. Il était perdu, sa seule source d'amour venait de disparaître. Dans ce vide soudain, rien ne le raccrochait à son quotidien, déjà bien restreint. Une pitié douloureuse envahit l'officier ; si la présence d'un cheval pouvait apporter un peu de consolation, il se sentait obligé de réaliser le souhait de Yohan.

— Je vais m'organiser pour que cette bête arrive rapidement. Promets-moi de bien t'en occuper et d'apprendre tout ce qu'il faut pour le faire. Si tu veux aussi monter dessus, il te faudra prendre des cours d'équitation.

— Je te promets, papa. C'est tellement chouette que tu me la donnes. Et puis maman m'aidera.

— Ah ? Et comment…

— Elle m'a dit qu'elle me surveillerait toujours… de là où elle est…

— Tu peux la croire. Ta maman était… est une femme de parole.

Le cœur sec de l'amiral s'humidifia, et il saisit la main de son grand enfant, ce qui permit au cortège de s'ébranler vers le cimetière où l'imposant mausolée de la famille La Roche-Maillebois ouvrait sa porte à un membre de naissance ordinaire pour la première fois. Celle qui avait fauté autrefois avec un maréchal-ferrant reposait quelque part dans une tombe oubliée on ne sait où.

L'officier repartit le lendemain, ne pouvant laisser la mission sans commandement supérieur pour des raisons personnelles. C'était déjà bien d'avoir pu bénéficier d'une logistique assez lourde aux frais du contribuable. Un simple matelot n'aurait pas eu ce privilège.

Legarrec et Jakez Le Moën, mis au courant de la venue prochaine de la jument, entretenaient ce dérivatif dans l'esprit perturbé de l'héritier Maillebois.

Linda aussi, à son corps consentant dans la mesure où Yohan ne pouvait détacher son regard de sa personne dès qu'elle lui apparaissait, et que cela l'amusait. Le jeune homme, ni agressif ni violent, la surprenait. Elle décelait chez lui un mélange invraisemblable d'éducation, de politesse et de langage familier, avec des raccourcis déconcertants d'attitude, ce qui ne la choquait pas. Dans la galerie des détraqués qu'elle côtoyait dans sa jeunesse, elle avait connu bien pis.

Et puis, si dans son immense chagrin sa présence pouvait lui faire oublier l'absence brutale de sa mère, ne serait-ce qu'un instant, c'était tant mieux.

De son côté, Legarrec essayait de l'intéresser aux contingences du domaine, sans grand succès. Yohan ne fixait pas son attention plus de quinze minutes sur quoi que ce soit, hormis certains jeux vidéo très simples, comme *Super Mario* ou *Pac-Man*.

Le taillage des arbres, le ramassage du bois ou la tonte de la grande pelouse devant le manoir ne faisaient pas partie de ses centres d'intérêt. En revanche, la remise en état de l'ancienne écurie et l'aménagement du box spacieux pour sa future locataire le motivaient d'une manière inattendue. Mettre du foin dans le râtelier et disposer de la paille fraîche sur le sol mobilisaient ses efforts. D'autre part, suivant les instructions qu'il avait reçues, Jean-Marie le préparait en lui faisant répéter plusieurs fois ce que lui-même avait appris sur l'entretien d'un cheval. Il s'était procuré un fascicule sur la race des chevaux frisons dont la caractéristique principale était normalement un bon caractère docile, allié à une belle énergie. Il emmenait aussi Yohan dans un club équestre voisin, où l'écuyer leur prodiguait des conseils avisés.

Il fallut quinze jours avant que la magnifique jeune jument soit livrée. Elle était gigantesque. Le maquignon qui l'avait dressée était lui-même surpris de sa taille hors norme : un mètre soixante-dix au garrot. Il était aussi enthousiasmé par la facilité avec laquelle elle acceptait son dressage, amusée semblait-il de faire ce qu'il lui avait demandé. Elle s'appelait Sonia.

À peine sortie du van, Yohan se précipita pour reproduire le geste effectué lors de la cérémonie des funérailles : il saisit ses naseaux dans ses bras, la tête contre la bête ; et le phénomène se répéta sous les yeux étonnés des assistants : homme et cheval restèrent parfaitement immobiles pendant de longues minutes.

Lorsque enfin le jeune homme la prit par son licol pour la diriger vers l'écurie, le marchand de chevaux déclara à Legarrec :

— Il en obtiendra ce qu'il veut. Il arrive parfois qu'un homme et un cheval s'entendent complètement. Et je peux vous dire que c'est le cas aujourd'hui. Croyez-en mon expérience. Je pense qu'il a le don, comme on dit dans le métier.

En effet, les semaines suivantes consacrèrent la fusion Yohan-Sonia d'une manière spectaculaire. Installant une clôture circulaire provisoire, Jean-Marie faisait tourner la jument au bout d'une longe à des allures alternées, au pas, au trot, au petit galop, tel que le lui avait montré l'écuyer.

Et puis ce fut au tour du maître en titre de continuer l'exercice. Là, pas besoin de lever le fouet : elle obéissait à la parole. Quand enfin il monta sur son dos, ce fut évident : l'animal exécutait les ordres verbaux de son cavalier à la seconde près. Pour les premières sorties dans le parc, l'écuyer du club, à la demande de Legarrec, vint accompagner Yohan avec son propre cheval. C'était incroyablement concluant. Désormais, il pouvait chevaucher en toute sécurité, à condition d'éviter les routes principales, ce qui n'était pas difficile. Une transformation s'effectua dans l'écoulement des journées. Dès son lever, la toilette et le petit-déjeuner expédiés, le grand gamin se précipitait auprès de sa jument. Après avoir rafraîchi sa litière, il la brossait inlassablement, lui parlait comme à une personne, et quand il la sortait de son box sans la monter, elle le suivait pas à pas, monstrueux chien noir dressé à la perfection.

Jakez Le Moën remerciait le ciel d'avoir envoyé un peu de bonheur à cet être durement éprouvé par le départ de Marie-France. Comme l'amiral s'était décidé à acheter un téléphone portable, son nouveau régisseur lui adressait des messages relatant l'évolution de son fils, grâce à l'étonnant cadeau qu'il lui avait offert. Et la légende de l'épouvantable cavalier s'installa dans l'esprit des villageois pour les années à venir.

*

À l'approche de la fête de Pâques, les bateaux de plaisance se remettaient à l'eau. Si la météo le permettait, les pêcheurs amateurs, leur famille et leurs amis sortiraient en mer, intermède bienvenu après cet hiver saturé de vent et de pluie en Bretagne, ce qui ne se produisait pas partout sur le pays concernant les larmes du ciel.

L'adjudant-chef Lelièvre et son supérieur mettaient en place la surveillance renforcée, avec la ronde aléatoire hebdomadaire autorisée par leur hiérarchie. Ils redoutaient tous deux une vague de vandalisme, souvent survenue en cette saison de début d'activité maritime. Comme prévu par le sous-officier, même l'évocation d'un équipement de contrôle sophistiqué était écartée, jugée peu efficace dans le contexte particulier des sabotages. Leur auteur se montrait trop précautionneux pour se laisser surprendre de quelque manière que ce soit, sûrement averti des méthodes modernes d'observation.

Il terminait le compte-rendu d'une enquête de routine, quand son jeune brigadier-chef frappa à sa porte.

— Adjudant-chef, monsieur Yves Salaün a quelque chose à vous montrer.

— Fais-le entrer, s'il te plaît.

Comme le visiteur se trouvait dans son dos, il n'y eut pas de temps mort.

— Asseyez-vous, monsieur Salaün. Que m'apportez-vous ?

Le pêcheur lui tendit un papier en guise de réponse, l'horrible lettre anonyme tracée au normographe.

— Ah ! Ça continue…

— Oui. Vous voyez le style ! J'aurais presque envie d'en rire, mais les derniers mots me restent en travers de la gorge : « Ta famille de pourri » ! Moi, je mets un S parce que ce sont ma femme, mes vieux parents, mes enfants et mes deux frères. Pourquoi « pourri » ? Qu'est-ce qu'on a bien pu faire pour mériter cet adjectif ? Ma femme est caissière au supermarché, mes frères et moi on est pêcheurs professionnels, et mes parents sont des retraités de la SNCF. Alors !

— Ne vous tracassez pas, monsieur Salaün, c'est justement le but recherché par ce personnage : créer de l'inquiétude. Toutes les lettres qu'on nous a apportées ont été reçues par des gens comme vous, la plupart du temps. C'est-à-dire des gens sans histoires, sans problèmes, bien connus dans le village ou la région.

— C'est un détraqué, ce connard ! Et il est venu me déposer sa cochonnerie directement dans ma boîte aux lettres ! Pas de timbre sur l'enveloppe !

— J'ai remarqué. Vous portez plainte ?

— Et comment !

La plainte enregistrée, le pêcheur reparti, Lelièvre pensa à l'accueil du maire si on lui demandait d'équiper le village de caméras-espion, comme cela se généralisait sur tout le territoire. En imaginant la réaction prévisible, étant donné la forte personnalité de l'homme, le gendarme se divertit un bon moment.

*

Cette nuit-là, la mer était étale à trois heures du matin. Une légère brise iodée apportait l'euphorie aux pêcheurs qui allaient partir avec la marée montante. L'adjudant-chef Lelièvre et deux de ses hommes, postés en observation depuis déjà plus de trois heures, suivaient leurs préparatifs qui consistaient à charger du matériel dans leurs prames[5] : bidons d'essence, lignes, sacs avec casse-croûte, vêtements, etc.

Comme il l'avait promis, Lelièvre, en concertation avec sa hiérarchie, décidait une fois par semaine, la veille pour le lendemain, de patrouiller pendant quatre heures la nuit jusqu'à la marée montante. Les gendarmes faisaient des pauses tous les deux kilomètres le long de la côte en roulant tous feux éteints.

5. *Prame : petite embarcation annexe à fond plat.*

Le sous-officier distinguait dans ses jumelles à vision nocturne Le Hénaff qui embarquait dans son annexe, une jambe dedans, l'autre la poussant vers le large. Dès qu'elle se mit à flotter, il s'y installa adroitement, et commença à godiller vers son bateau mouillé assez loin.

L'autre pêcheur, Yves Salaün, démarrait déjà son moteur de bord, étant parti le premier.

— On rentre dans un quart d'heure, murmura Lelièvre dans son talkie.

— Bien, chef! fut la réponse immédiate, plutôt joyeuse.

C'était encore une opération pour rien. Le mois dernier, le naufrageur avait sévi de nouveau, coupant les haubans de deux embarcations de plaisance. Des natifs de la région, dont les loisirs étaient consacrés à leurs sorties en mer. L'un des deux fit scandale lors de son dépôt de plainte et, ayant des relations, ameuta les médias. Immédiatement, le préfet secoua les gendarmes, histoire de se justifier plus que par conviction, connaissant parfaitement cette affaire insolite. Avant de quitter son poste, l'adjudant braqua une dernière fois ses jumelles sur la mer.

— Nom de Dieu!

Le Hénaff revenait vers la berge en godillant furieusement. Sa prame était anormalement relevée à l'avant, comme si un poids supplémentaire se trouvait à bord.

— Venez vite, il y a un problème! aboya Lelièvre dans son appareil.

Il se précipita à découvert, rejoint bientôt par ses deux gendarmes. Les apercevant, éclairés par la lune lors d'un bref espace dans les nuages, le pêcheur agita la main en hurlant. Le cri leur parvint faiblement, mais c'était suffisamment explicite pour des gens habitués au danger. Un des deux militaires, nageur expérimenté, se débarrassa de son treillis avant de plonger en caleçon dans l'eau. D'un crawl impeccable, il rejoignit Le Hénaff rapidement et, se mettant derrière l'esquif, accéléra son retour. Dès qu'il eut pied, il le souleva pour l'empêcher de couler. Il était temps, car il ne restait plus que deux centimètres avant que la prame soit submergée. Le Hénaff sauta dans l'eau, et ils la tirèrent afin de la mettre hors de l'estran.

— Merci ! Sans vous, c'était foutu ! Je ne sais pas nager.

Il leur serra les mains avec émotion, incapable d'en dire plus.

— On est là pour protéger la population, et quand on réussit, on est heureux, dit Lelièvre, lui aussi ému.

Tandis que le nageur se séchait et se rhabillait, ses collègues et le pêcheur vidèrent la petite embarcation et la retournèrent. Au milieu vers l'arrière, un trou de cinq ou six millimètres de diamètre permettait à l'eau de s'engouffrer lentement dans le vide de la double paroi. Un trou bien net fait délibérément.

*

Les pierres de granit jointoyées de ciment blanc, les flammes de l'insert dans la vieille cheminée monumentale et les lampes pendant du plafond avec leur large abat-jour métallique créaient une atmosphère de sécurité autour du bar en bois saturé d'encaustique. Laquelle fut mise à mal lors de l'ouverture de la porte. La tempête, attisée par des vents du sud-ouest violents, s'engouffrait avec insolence dans l'intimité des hommes. Le nouvel arrivant s'y reprit à plusieurs fois pour clore le battant vitré dont la clenche n'accrochait pas bien son encoche.

Un rapide salut s'échangea alors que chacun accomplissait son rituel : le client s'asseyait à sa place immuable, et le tenancier du café préparait la boisson habituelle. Les mots viendraient plus tard. Ici, la tradition maintenait le temps en respect.

Le café nommé Ty Porzh, la maison du port, existait depuis 1881. Pierre Nédelec en héritait de son père, et continuait tout naturellement l'activité de cet établissement minuscule, fondé par un de ses ancêtres. Avant de succéder à ses parents, il avait eu l'occasion de découvrir la dureté du monde du travail, surtout quand on ne possède pas de diplômes. Après des emplois subalternes sans intérêt, l'exploitation du café familial lui apparaissait comme une tâche privilégiée, surtout dans le contexte du village, son village, où il lui semblait perpétuer un lieu de convivialité, voire un refuge, non seulement face aux conditions climatiques souvent rudes, mais aussi face à la dérive sociale provoquée par des textes de loi contraignants et incompréhensibles. Ses revenus étaient modestes, mais suffisants pour qu'ils puissent vivre décemment, lui et Françoise, son épouse, qui l'aidait activement pendant les moments d'affluence. Qui se produisaient finalement assez fréquemment.

Pouvoir échanger des mots de réconfort, d'encouragement, de consolation ou ne serait-ce que des banalités avec ses clients lui donnait le sentiment d'être utile à sa tribu (il abhorrait le mot « communauté » accommodé à toutes les sauces).

Il connaissait la plupart du temps la vie de chacun, et se gardait bien d'interférer dans les confidences reçues quand, dans les moments de solitude ou au hasard des avatars des drames familiaux, son vis-à-vis épanchait son trop-plein d'amertume. L'attitude du couple Nédelec, chaleureuse, discrète, fidélisait la fréquentation du café, dont la porte était ouverte à tout le monde. Et tout le monde y venait. Y compris celui qui franchissait le seuil à cet instant, un des rares qui n'étaient pas « d'ici », mais qu'on tolérait faute de ne pouvoir s'en débarrasser. Qu'on tolérait et qu'on redoutait aussi. Pour plusieurs raisons.

La première était son apparence physique : « plus large que haut », disaient ses dénigreurs. Mais en sa présence, ils n'osaient pas la moindre plaisanterie péjorative : Jean-Marie Legarrec était doté d'une force exceptionnelle, alliée à un tempérament parfois impulsif. Tous avaient en mémoire la raclée administrée au fils Morvan quelques années auparavant parce que celui-ci, un peu éméché, l'avait traité de « gros tourteau », insulte quelque peu dérisoire. Le jeune homme, pourtant sportif et bien charpenté, avait passé quatre jours à l'hôpital de Lesneven à la suite d'un démolissage méthodique, résultat d'une expérience chevronnée dans l'art de la bagarre. Devant les témoignages évasifs recueillis, les gendarmes s'étaient contentés d'une admonestation à l'encontre de Legarrec, assortie d'une vague menace en cas de récidive. Et puis le bonhomme n'était pas n'importe qui.

— Ça va, Jean-Marie ? lança Nédelec.

— Ça va. Un double express, s'il te plaît. Salut, Loïc !

Le retraité maritime lui répondit en portant deux doigts sur la visière de sa casquette bleu foncé qu'il ne quittait jamais. Ils étaient du même bord, l'un ayant passé sa vie dans la Royale en tant que mécanicien, l'autre, Legarrec, terminant son contrat de dix ans comme quartier-maître de première classe à bord d'une frégate dans le Pacifique, où la présence française se maintenait, indispensable.

Une bouffée de bourrasque intempestive profita d'une nouvelle ouverture de porte. Satanée porte qui ne se refermait jamais du premier coup ! Il fallait une manipulation adaptée à ce ratage qui perdurait depuis longtemps, sans que personne, y compris le tenancier, songe à la réparer. Bon, c'était comme ça.

— Ah ! C'est parti pour un bout de temps ! s'exclama Yves Salaün, un des rares pêcheurs locaux en activité.

Il serra les mains de tout le monde, tandis que son verre de muscadet arrivait comme lui à sa place.

Bien qu'il ne soit pas sorti en mer ce matin, il était debout depuis six heures, son heure de lever normale quand il ne partait pas à la marée montante, seule autorité aux heures de laquelle il était soumis.

Il but une gorgée de son vin préféré dont il n'abusait pas et, après un regard sur la petite assemblée, lança ce qu'il savait être une bombe :

— La prame de Le Hénaff a été trouée alors qu'il était en mer ! Il l'a échappé belle !

Il y eut un silence, orchestrant le mouvement de toutes les têtes qui se tournaient vers lui.

— Pas possible ! dit Nédelec.

Alors que la bombe fragmentait son malaise sur la cible des esprits, trois hommes entrèrent bruyamment, créant une diversion bienvenue. Passé le rite tonitruant des salutations, des plaisanteries sur le temps de cochon, et la commande des boissons modifiée en fonction de l'heure, les conversations prirent un rythme normal, entrecoupées par quelques arrivées supplémentaires. Il y avait maintenant une vingtaine de personnes chez Ty Porzh, et le lieu paraissait plein. Pourtant sa capacité d'accueil atteignait le double lors de festivités ou des périodes de vacances d'été.

L'information au sujet du sabotage de l'embarcation de Le Hénaff circulait sous forme de propos laconiques, ne comportant aucune remarque personnelle ni aucun jugement. Cela faisait des années et des années que ce geste malveillant se produisait à l'encontre des bateaux ancrés dans les petits ports du village, ceux des quelques pêcheurs professionnels en priorité, ceux des plaisanciers locaux, et même de la SNSM[6], ce qui était incompréhensible.

La gendarmerie auditionnait des suspects, enregistrait des dizaines de plaintes, organisait des surveillances, sans résultat. Ce qui favorisait toutes sortes de rumeurs, installait la méfiance, et ravivait les vieilles rancœurs enracinées chez les humains, à la suite de jalousies ou de ce qui était considéré comme injuste, scandaleux. Et, insidieuse, se répandait la peur. Car, malgré les apparences de convivialité, du plaisir de se rencontrer, de trinquer ensemble, la peur était latente ce matin-là chez Ty Porzh, selon sa longue routine.

*

6. *Société nationale de sauvetage en mer.*

— Venez, monsieur. On va enregistrer votre plainte.

Paul Le Hénaff se leva et suivit le jeune gendarme qui l'introduisit dans un bureau au décor spartiate. L'homme qui l'attendait le salua.

— Bonjour, monsieur. Asseyez-vous.

Cela faisait sept ans que le sous-officier était en poste à la brigade de Lesneven et, comme tous ses collègues, il s'indignait de cette curieuse affaire de sabotages de bateaux qui perdurait, invraisemblable, et dont lui-même avait enregistré plusieurs plaintes de la part des victimes et effectué des déplacements pour constater les dégâts ainsi que les rondes de surveillance.

Paul Le Hénaff venait pour la troisième fois déclarer des dégradations. L'homme était en colère, cela se sentait, et l'adjudant-chef Lelièvre se prépara à un affrontement qu'il devait maîtriser avec habileté. Les marins-pêcheurs locaux, peu nombreux, présentaient les mêmes tempéraments : rudes, courageux, simples, mais farouchement indépendants.

Les contraintes liées aux règlements qui changeaient sans cesse les mettaient facilement en furie. Alors des actes malveillants directement contre eux…

— Y'avait trois trous dans la coque, comme la dernière fois. Mais là, j'ai ramassé ça dans la vase.

Il tendit au gendarme une mèche à bois de dix millimètres de diamètre. Le ou les saboteurs, il n'était pas exclu qu'ils soient plusieurs, procédaient de quelques façons, toujours les mêmes : perçage à la chignole, coupage des haubans pour les bateaux de plaisance, section des amarres au corps-mort, casses diverses sur les moteurs.

— Y'en a marre, mon adjudant ! Il serait temps que vous arrêtiez cette histoire.

— Mais nous nous y employons, monsieur…

— Depuis tout ce temps, on peut pas dire que vous avez fait grand-chose.

— Qu'est-ce que vous en savez ?

Le ton montait spontanément.

— Vous n'êtes pas là quand on organise une surveillance de nuit ! Vous n'êtes pas là quand on auditionne un suspect et qu'ensuite on fait une perquisition chez lui. Vous n'êtes pas là quand on vérifie une dénonciation anonyme, et ce n'est pas ce qui manque par ici. Vous n'êtes pas là non plus quand on perd notre temps au laboratoire à examiner les lettres du corbeau, une soixantaine maintenant, toutes tracées au normographe… Alors, vos reproches, vous vous les gardez !

Un silence renfrogné marqua la fin de la diatribe. Le Hénaff reprit la parole un ton au-dessous.

— C'est quand même pas normal. Le salaud nous empêche de travailler, nous met en danger, même. Et par-dessus le marché, il nous menace. Vous trouvez pas que ça fait beaucoup ?

— Je sais, monsieur Le Hénaff, je comprends. Pensez-vous qu'on s'en moque ? Qu'on n'aimerait pas arrêter cet individu qui nous fait passer pour des incapables ?

La tension retombait. Les arguments du gendarme n'étaient pas dénués de bon sens.

— Oui, bien sûr… Mais tout ça, c'est dur à avaler.

— Allez, je vais prendre votre déposition…

Bon, pensa Lelièvre, *cela aurait pu être pis*. Il songea à tous ceux qui ne leur avaient rien dit, qui avaient peur parce qu'ils recevaient des lettres injurieuses, toujours incohérentes. À ceux également qui subissaient des dégâts sans venir porter plainte. Toute la population du pays Pagan, au courant du moindre méfait, ressentait cette histoire malsaine. Et puis elle se situait sur la côte des « Naufrageurs », cette légende stupide entretenue depuis le XIXe siècle, qui évoquait l'éventration de vaisseaux sur les rochers, attirés par des lanternes accrochées aux cornes des vaches, pour simuler l'entrée d'un port, ou un phare. Les auteurs du piège se précipitaient alors pour récupérer tout ce qu'ils pouvaient des débris et massacraient les survivants. Soi-disant. Un pisse-copie en mal de sensationnel avait lancé cette histoire qui avait atteint son objectif. Près de deux siècles plus tard, on en parlait encore, et la côte du pays Pagan héritait définitivement de son triste sobriquet.

Si la récupération des morceaux de navires et des cargaisons fragmentées était autorisée par le droit maritime en cas de naufrage, comment imaginer que des gens très pauvres, profondément croyants, et qui n'hésitaient pas à se jeter à la mer pour sauver des vies, puissent commettre ces horreurs ? C'était aberrant.

Le Hénaff finit laborieusement sa déposition, et l'adjudant-chef la relut à haute voix pour gagner du temps. Après l'accord du marin-pêcheur, il la lui fit signer.

— On va renforcer notre surveillance, je vous le promets, dit-il en lui serrant la main.

— J'espère que vous allez le coincer, on en a assez, vous savez !

MAI 2010

Une petite fraîcheur bienvenue, après ces derniers jours de canicule, allait se dissiper bientôt par l'action du soleil dans un ciel uniformément bleu. Un bleu insolent. Dans l'écurie, Yohan bouchonnait sa jument avec ardeur. Il lui faisait part aussi de ses pensées, de ses remarques au sujet de son entourage, dont Jakez Le Moën faisait les frais ce matin. L'immense cheval l'écoutait, à en juger par ses oreilles tournées dans sa direction.

— … et si je dis devant lui que…

Il s'interrompit en voyant apparaître sur le seuil du box resté ouvert la silhouette d'Linda. Le soleil à contre-jour révélait indiscrètement son corps au travers de sa robe légère.

— Bonjour, Yohan. Il est magnifique ton cheval.

— C'est une fille. Elle s'appelle Sonia. Tu peux venir la caresser, elle est très gentille.

Elle s'approcha, impressionnée par la masse de l'animal, et lui passa doucement la main sur l'encolure. Ce faisant, elle se trouvait contre le garçon qui en était très troublé. Elle s'en rendit compte et lui sourit.

— Je t'admire de monter sur un monstre pareil !

— C'est pas un monstre, c'est ma copine. Je l'aime beaucoup, et elle m'aime aussi.

— Elle t'obéit bien en tout cas, m'a dit Jean-Marie.

— Oh, oui ! Tout le temps.

Il restait planté, pantelant de désir.

— Je peux voir tes doudounes ?

Elle jeta un coup d'œil sur la porte du box, et lui ordonna :

— Va fermer les deux battants de la porte.

Il bondit littéralement pour claquer l'ouverture et revint, halluciné.

— Tu veux bien ?

— Tu seras gentil avec moi comme avec Sonia ?

— Juré craché !

— Tu feras tout ce que je te demanderai ?

— Ben ouais ! « *Amants, heureux amants, voulez-vous voyager ? Que ce soit aux rives prochaines.* »

— Qu'est-ce que tu racontes ?

— C'est pas moi, c'est La Fontaine.

— Ah ! Tu as déjà touché des… doudounes ?

— Non ! Mais j'ai vachement envie.

Elle rit en dégageant la robe de son épaule.

— Tu fais tout doucement.

— D'accord.

Le souffle court, il posa la main sur le sein rond et ferme d'Linda, et, instinctivement, se baissa pour sucer le téton dans sa bouche.

— C'est bien, doucement… Tu aimes ça ?

Il secoua la tête en signe d'assentiment. Alors elle défit les boutons du jean de Yohan, et entreprit de donner au puceau son premier plaisir d'homme par une caresse suivie. Lorsque sa jouissance prit fin, il s'appuya le dos à la cloison, les yeux levés vers la charpente.

— Ça t'a plu ?

— C'est… c'est vachement fort. Pas étonnant que Jakez y parle de la damnation éternelle pour les péchés. C'est trop bon ! On recommencera, dis ?

— On verra. Si tu es bien sage.

— « *Toute la boucle des Amours revient au colombier ; les jeux, les ris, la danse ont aussi leur tour à la fin : on se plonge soir et matin dans la fontaine de Jouvence.* »

Décontenancée, Linda se demanda à qui elle avait affaire. C'était un spécimen inconnu pour elle.

— En tout cas, tu ne parles à personne de… de ce qui se passe entre nous deux. Tu me le promets ?

— Je te le jure sur la tête de Sonia.

En revenant vers son logement, elle se félicita d'assurer son pouvoir de séduction, son pouvoir tout court, sur les hommes de son nouvel environnement. Cela pouvait être très utile, fussent-ils… elle ne trouva pas le mot pour caractériser celui qui citait La Fontaine, en référence à ce qui lui arrivait. Des fables totalement inconnues, en plus.

Quand l'amiral Camille de La Roche-Maillebois réintégra son manoir, une onde d'apaisement lui procura une sensation qu'il avait oubliée : la satisfaction qu'au moins ici tout fonctionnait. Après l'horrible chaos de la Syrie, il y avait sur Terre un endroit paisible, en ordre, et c'était chez lui. Même son fils lui apparut changé.

Legarrec faisait un rapport détaillé de tous les petits événements survenus en son absence, principalement la passion de Yohan pour son cheval dont il s'occupait constamment. C'était inespéré, la présence de l'animal le stabilisait, lui apportait un bien-être inattendu. Camille, pas du tout superstitieux, considéra qu'il s'agissait d'une manifestation d'origine divine, probablement due à Marie-France, puisqu'il avait acquis la jument lors de ses funérailles.

— … et l'entreprise belge est venue chercher les soixante stères de bois la semaine dernière.

L'amiral revint à l'instant présent, quittant la cérémonie où l'image de son fils tenant la tête du cheval dans ses bras s'était imposée.

— Vous vous habituez bien ici, Jean-Marie ?

— Oh, oui, monsieur. Il faudrait être très exigeant pour ne pas être content de vivre dans ces conditions.

— Et avec Annick, son mari…

— Aucun problème, monsieur. Elle s'occupe beaucoup de Yohan, lui n'est pas là dans la journée, et je donne un coup de main pour les courses du quotidien.

Quelle excellente décision avait-il prise d'employer cet homme qui incarnait… il rejeta la formule de la campagne présidentielle du président Mitterrand « La force tranquille ». Pourtant elle convenait parfaitement pour son ancien quartier-maître.

— Et notre ami Jakez Le Moën ?

— Lui aussi est présent pour Yohan. Il l'emmène chez Ty Porzh boire un chocolat, ou bien le reçoit chez lui ou à l'église. Nous bavardons brièvement quand il est là. Ah, avant que j'oublie. L'amie de Yohan, la petite… qui n'est pas…

— Isabelle Traonouez, son amie d'enfance trisomique.

— C'est ça. Elle m'a demandé si elle pouvait faire des petits travaux de comptabilité pour le manoir. Je ne sais pas si…

— Vous voyez avec sa mère, qui est maintenant directrice de l'école Sainte-Jeanne-d'Arc. Elle a été l'institutrice de Yohan en maternelle.

— Bien, monsieur. On pourrait lui faire tenir un cahier sur les dépenses et les recettes, dépenses pour l'entretien, les fournisseurs, et la vente du bois et du fourrage.

— Vous essayez, et si elle fait ça bien, vous continuez.

— Oui, monsieur. En tout cas, ça fera plaisir à Yohan.

— Vous voyez mes parents de temps en temps ?

— Bien sûr. Je passe la tondeuse devant chez eux, et j'apporte des bûches pour leur cheminée. Je surveille aussi le niveau du fuel pour leur chauffage. Quelquefois, j'emmène Madame votre mère à sa demande pour faire un achat particulier à Brest ou ailleurs. Votre père aussi, mais c'est rare. En dehors de sa marche dans le parc, il ne bouge pas beaucoup.

Voilà. Repos ! Tout est conforme ! La revue de détail, de l'équipage et du navire-manoir ne présentait aucun défaut. Ouf ! Jean-Marie prit congé, et Camille envisagea d'aller déjeuner avec ses parents. Avec Yohan ce serait pour le dîner. Il alla prévenir Annick de sa décision, et sortit sur la terrasse. Ici, rien n'avait changé et, pensait-il, ne changerait jamais. Les conflits se multipliaient en Afrique, au Moyen-Orient, ou dans certaines parties d'Asie, mais le manoir des La Roche-Maillebois était une forteresse inviolable, et le pays Pagan indestructible. À cette bouffée d'orgueil rassurante succéda pourtant le survol de la solitude. Sa solitude. Irrémédiable. Il ne pensait pas retrouver une compagne pour ses vieux jours. Qui voudrait d'un homme ayant un fils comme le sien ? Il faudrait une sainte pour l'accepter, en admettant qu'elle soit éprise du père. Tant pis. Dieu l'aiderait à surmonter une nouvelle fois cette longue épreuve qui n'en finissait pas. Et puis il avait encore cinq belles années devant lui à commander son vaisseau. Cinq années pour se préparer, organiser sa retraite en lectures, en voyages, peut-être en bénévolat pour la Marine nationale, sa raison d'être.

Sans s'en rendre compte, il effectuait une promenade qui l'entraînait assez loin du manoir. Un mouvement capta sa vision. Là-bas, une belle silhouette de femme se déplaçait vers les bâtiments des communs. L'apercevant, elle lui fit signe de la main. Il répondit machinalement, intrigué par sa présence. L'espace d'une seconde, il se demanda qui elle pouvait être, pour se souvenir d'Linda, la femme de son régisseur. Elle ne lui avait pas fait bonne impression, mais l'ayant très peu vue, peut-être s'était-il trompé. Obliquant dans sa direction, elle vint à sa rencontre.

— Bonjour, monsieur. Contente que vous soyez revenu.

— Bonjour, madame Legarrec. Moi aussi, je suis heureux de retrouver mon domaine. Vous vous plaisez dans votre nouvelle vie ?

— Beaucoup. C'est très beau chez vous. On est tranquilles.

Décidément, la mauvaise impression revenait, plus précise. La minijupe et le corsage échancré mettaient trop en valeur son corps magnifique. Le maquillage exagéré aussi faisait ressortir les yeux, et la bouche rouge vif attirait irrésistiblement le regard. Camille se sentit mal à l'aise.

— J'ai vu votre mari tout à l'heure. Je suis très satisfait de son travail. Et… avec mon fils, vous… vous entendez bien ?

Elle émit un rire vulgaire.

— Oh ben, oui alors ! Il est gentil, votre grand gamin. Et puis toutes les fables qu'il récite, c'est étonnant, non ?

— Oui, en effet. Mais… il ne vous ennuie pas ?

— Pas du tout. Vous savez, il passe presque toutes ses journées avec son gros cheval.

— C'est ce qu'on m'a dit. Je suis ravi que tout aille pour le mieux. Bonne journée, madame.

Il s'éloigna rapidement, et Linda comprit qu'elle aurait beaucoup de mal à séduire un tel homme. Il ne réagissait pas comme la plupart de ceux qu'elle avait connus.

En tout cas, pas comme son fils, pensa-t-elle, amusée.

Camille, de son côté, émettait des doutes quant à la paisibilité de Yohan vis-à-vis de cette créature.

— Après tout, que m'importe, fut sa conclusion. C'est la femme de Legarrec, ça ne me regarde pas, et je lui fais confiance pour faire respecter les règles de bonne conduite à mon fils.

Ce en quoi l'amiral se trompait lourdement.

Le déjeuner avec ses parents le déçut. Après leurs brèves retrouvailles de la veille au soir, il était arrivé tard, l'essentiel s'était dit en quelques phrases.

Évidemment son père s'intéressait à la mission en Syrie, et se renseignait sur les progrès technologiques du destroyer, très importants par rapport au dernier bâtiment qu'il commandait. Mais le sujet fut vite épuisé. Camille eut la désagréable impression de se contempler trente ans plus tard.

Quant à sa mère, seuls les ragots locaux la préoccupaient, en dehors des heures qu'elle passait à regarder la télévision. Elle évitait soigneusement d'évoquer son petit-fils.

— Et puis, tu sais, le naufrageur a encore sévi.

— Le naufrageur ?

— C'est comme ça que tout le monde l'appelle. Tu sais bien, celui qui de temps en temps abîme les bateaux.

— Ah, oui. J'en ai entendu vaguement parler. Alors ?

— Cela continue avec d'abominables lettres anonymes. Les gens ne sont pas tranquilles.

Si un sujet lui était indifférent, c'était bien celui-là. En dehors de l'Histoire, avec un H majuscule, et ses grands hommes, il voulait ignorer les exactions minables de la société civile, événements politiques confondus, à part les décisions de son ministère. Il dévia aussitôt la conversation.

— Les Legarrec se comportent bien avec vous ?

— Ton quartier-maître est parfait, poli, courtois et…

— Mais sa femme a mauvais genre, coupa la comtesse, bien impolie avec son mari, elle.

— Peut-être, reprit son époux, mais tu n'as pas à t'en plaindre, que je sache.

— Pour le moment.

L'irritation s'invitait entre le vieux couple, et elle gagna le fils spontanément.

— Il n'y a pas de raison que cela change, dit-il. Vous voyez Yohan quelquefois ?

Il y eut un silence significatif.

— Oui, on le voit souvent sur son cheval. Tu as bien fait de le lui offrir.

— J'aimerais qu'il ne galope pas à proximité du manoir. C'est dangereux.

Camille eut la confirmation de ce qu'il suspectait. Depuis le décès de sa mère, ils n'avaient même pas fait l'effort de lui tenir compagnie pour un repas. Écœuré de leur attitude, il les quitta rapidement.

Avant de gagner son bureau, il alla visiter l'écurie avec le box de sa nouvelle occupante. Il fut frappé par la propreté des lieux. Tous les bois avaient reçu des couches de lasure, il n'y avait rien qui traînait pas plus que de toiles d'araignée qui logeaient souvent dans les poutraisons. À la place, quelques nids d'hirondelles. Un rangement avait été construit pour entasser le fumier. À l'intérieur du box, la litière était fraîche et le râtelier pourvu généreusement. Effectivement, en près de trois mois, une évolution s'était produite chez son fils et, malgré le peu d'intérêt qu'il éprouvait pour lui, cela apporta une petite satisfaction qui compensa l'aigreur coupable due à ses parents.

Le prêtre Le Moën arriva en fin d'après-midi. Leurs rapports s'étaient modifiés en fonction de la souffrance subie par Marie-France, sa vie solitaire sans l'amour de celui qu'elle admirait tant, et le drame de sa descendance. Jakez en était affecté, et n'eût été son éthique religieuse, ainsi que la présence de Yohan, il aurait cessé les relations avec Camille. Il n'y eut qu'une poignée de main, remplaçant l'affectueuse accolade d'autrefois. Ce qui ne surprit pas ce dernier, ce changement de conduite ne datant pas d'hier. Néanmoins, leur tutoiement subsistait.

— Pas trop dure, ta mission ?

— Assez stressante. On s'attendait constamment à recevoir un missile sur notre bateau, tiré pour des motifs divers, tellement les intérêts en jeu peuvent être contradictoires.

— Les chrétiens sont martyrisés là-bas.

— Comme tout le monde, coupa l'amiral.

Il était saturé des commentaires incessants au sujet de cette guerre civile, entretenue par des intérêts géopolitiques au détriment d'une population.

Le prêtre n'insista pas, sentant l'animosité suscitée par ce que l'officier avait vécu.

— Ton fils va bien maintenant. Tu as eu une très bonne idée en lui offrant ce cheval.

— J'en suis heureux.

— Yohan m'a raconté que c'est ta… Marie-France qui te l'avait conseillé.

Camille hocha la tête, revivant la scène près du corbillard.

— C'est sûrement vrai. Je l'ai décidé en une seconde à la vue de son… embrassade, c'est le mot juste, avec le même cheval à la sortie de la messe de…

Il laissa sa phrase en suspens. Devant l'ecclésiastique, il se sentait coupable à l'idée de prononcer le nom de sa femme.

— Je suis surpris par les apports bénéfiques que ton cadeau a réalisés.

S'ensuivit la description des bienfaits en question et des changements perceptibles dans le quotidien du jeune homme. Jakez nota que son interlocuteur écoutait, ce qui souleva en lui l'espoir que la relation entre le père et le fils s'améliorerait peut-être.

Alors qu'il allait prendre congé, Camille lui proposa de dîner avec eux. Il s'empressa d'accepter, entrevoyant un rôle de messager bienveillant pour faciliter le contact. Ce qui soulagea l'amiral, redoutant de rester seul face à son rejeton. S'obliger à un effort d'accord, il se l'était plus ou moins promis, mais progressivement. Avec l'aide d'un émissaire de Dieu, c'était encore mieux.

Quand Yohan arriva, passablement débraillé, exhalant des remugles de sueur équine, Annick l'envoya se doucher, et lui prépara des vêtements propres pour faire honneur à son géniteur et son ami.

Elle l'aimait bien, cet homme-enfant, et, outre le fait qu'elle assurait les tâches journalières nécessaires à son entretien, elle exerçait à son égard une autorité sans excès qu'il acceptait volontiers.

Quand il fut prêt, elle lui brossa les cheveux, noua une cravate au col de sa chemise, et l'expédia dans le bureau paternel.

Les deux hommes furent agréablement surpris. *Il a l'air presque normal*, pensa La Roche-Maillebois. *Merci, Annick*, fut la réaction mentale du prêtre, beaucoup plus au courant de ce qui était les habitudes de la maison.

— Bonsoir, papa. Bonsoir, Jakez.

Il ne s'approcha pas pour l'embrasser, réflexe instinctif puisqu'il n'avait jamais embrassé son père.

— Assieds-toi, Yohan. Je parlais de toi avec Jakez qui me disait combien tu aimais ton animal.

— C'est vrai. Elle est géniale, Sonia.

— Sonia… c'est amusant pour un cheval.

— Ça, c'est son prénom. J'ai oublié le reste. Y'en a une tartine. Pis que nous.

— Ah ? C'est une noble ?

— Je sais pas. C'est compliqué avec les chevaux.

Annick frappa à la porte ouverte.

— Le dîner est prêt, monsieur.

— Tu vas nous raconter les belles balades que tu fais avec… Sonia, dit Camille en se levant.

— Ah ? Je dîne avec toi ?

— Euh… oui. Ça t'ennuie ?

— Ben… non, papa. Tu… me disputeras pas ?

— Mais non, il n'y a pas de raison.

— Viens, mon garçon, dit le prêtre en le prenant par le bras. Tu es très élégant, je te félicite.

— C'est Annick qui a voulu que je m'habille comme ça, pour vous qu'elle a dit.

— Annick a bien fait. C'est ta nounou qui t'aime, qui prend bien soin de toi.

— Ouais, elle me gronde aussi, des fois.

— C'est normal, quand tu fais des petites bêtises.

Yohan ouvrit la bouche pour répondre, mais y renonça. Il éprouvait de la crainte en compagnie de son père, mais il sentait que ce soir existait quelque chose de différent à son égard.

Ils prirent place au bout de la longue table prévue pour accueillir au moins une quinzaine de convives. Annick avait disposé un bouquet de fleurs cueillies dans le parc pour agrémenter d'une note colorée l'atmosphère sévère de la vaste salle à manger, dont les murs se paraient de boiseries sombres et décorés de peintures marines ; des grands voiliers des siècles précédents, et des scènes de guerre avec des nuages de fumée émise par la gueule des canons, tirant simultanément presque bord à bord.

Un jour, Yohan s'était moqué de cette représentation violente, jugeant idiot qu'on se tire dessus, surtout de si près. Il s'était fait rabrouer vertement en des termes qu'il n'avait pas bien saisis. La notion de « champ d'honneur », de « gloire nationale », de « respect pour les actions d'éclat » ne correspondait pas dans son esprit à l'image qu'il regardait, pas plus que la raison d'une telle réaction. Cela l'avait marqué.

Alors qu'un potage odorant était servi, il apostropha Annick.

— Tu n'as pas mis l'assiette de maman !

La servante jeta un œil inquiet en direction du chef de famille, ignorant le rite qui s'installait en son absence, et que Jakez connaissait, bien sûr.

— Merci d'y remédier, Annick, ce n'est pas un problème.

— Tout de suite, monsieur.

Sans se concerter, ils attendirent tous trois que le couvert soit disposé pour commencer à goûter la délicieuse soupe. Marie-France venait de s'inviter, d'autant plus que son fils posait sa main à côté du couvert, comme s'il recouvrait la sienne. S'ensuivit un silence dédié à l'image de la défunte. Yohan parlait à voix inaudible entre deux cuillérées, confiant ses naïfs secrets à celle qui peuplait son cœur continuellement. Cela devint vite insupportable. Camille prit le premier prétexte pour rompre cette ambiance surréaliste.

— Jean-Marie m'a demandé si ton amie Isabelle pouvait travailler pour nous. Tu es au courant ?

— Oui, papa. Elle est vache… très intelligente, c'est une grosse tête en calcul. Mais personne lui donne du boulot… Ça serait bien que Jean-Marie la prenne pour bosser. Elle noterait tout.

— Je lui ai donné mon accord. Elle sera d'abord à l'essai.

— C'est vrai ?

— Je n'ai pas l'habitude de dire des mensonges.

— Ça alors ! Qu'est-ce que c'est bien ! J'suis très content ! Merci, papa.

L'amiral soupira. Cette façon de s'exprimer l'exaspérait. C'était incompréhensible. Pourquoi avait-il adopté ce langage, et surtout qui parlait de la sorte dans son peu de fréquentations ? Peut-être l'ecclésiastique le savait-il. Une seule chose était acquise : il disait papa et non p'pa. Un mystère bienvenu.

— « *Qui ne court après la Fortune ? Je voudrais être en lieu d'où je pusse aisément contempler la foule importune de ceux qui cherchent vainement cette fille du sort, de Royaume en Royaume, fidèles courtisans d'un volage fantôme.* »

Pourtant habitués, les deux hommes échangèrent un regard. Ce cerveau, qui fonctionnait avec des lacunes considérables, enregistrait néanmoins un recueil de fables très important, d'un seul auteur, Jean de La Fontaine, et ne manifestait aucun autre intérêt littéraire. Alors qu'il en était capable, son pédopsychiatre consulté lors de son adolescence avait été formel. Un blocage qu'il n'avait pas su détecter en était la cause. Pas su… ou pas défini ? L'hypersensibilité de cet être à part n'avait-elle pas été heurtée brutalement par le rejet de sa famille, excepté de sa mère ? Camille évacua le vague remords qui pointait sournoisement dans ses réflexions.

— Bravo ! s'écria le prêtre. Encore une que je ne connaissais pas. Quel en est le titre ?

— « L'Homme qui court après la Fortune, et l'Homme qui l'attend dans son lit ». Là, c'est « La femme qui court après le travail ». C'est pour ça que j'y ai pensé, à cause d'Isabelle. Je vais la voir demain.

— Si tu vois madame Traonouez, tu la salueras de ma part.

— Oui, papa. Mais c'est pas sûr parce qu'elle travaille.

— C'est vrai. Que ferez-vous avec Isabelle ?

— Comme d'hab'. On ira se promener, on jouera avec nos consoles, ou on discutera. On s'engueule jamais, c'est chouette.

— Vous vous connaissez depuis si longtemps, vous vous aimez bien, c'est normal.

— Ouais, mais elle, elle n'aime que…

Il s'interrompit en rougissant.

— Que veux-tu dire ?

— Rien. Ça nous regarde pas.

— C'est bien, tu es discret.

— Ben ouais, c'est son droit si elle aime que les filles.

*

Elle était lancée et, en accord avec son ami sur son dos, elle exprimait sa joie simple d'être en allure débridée. Ses huit cents kilos de force pure chassaient l'air devant elle, tel un char d'assaut que rien ne peut arrêter, à la différence que sa robe d'un noir profond, luisant par endroits, l'habillait de grâce et de beauté. La grande jument frisonne impressionnait, surtout au galop où sa puissance était renforcée par le rythme saccadé des sabots qui extirpaient du sol des notes sourdes et vibrantes. Elle dégageait une énergie prodigieuse, sa longue crinière volant de part et d'autre de son encolure titanesque. Accroché à celle-ci, son cavalier alternait des phases de hurlements joyeux et des moments de discours tendres, qu'elle seule pouvait percevoir. D'ailleurs, ils lui étaient destinés. Elle ralentit à peine pour prendre le virage, et s'engager dans l'allée de chênes verts qui menait aux bâtiments séculaires, dont l'écurie dans les communs. Sans en avoir reçu l'indication, elle s'arrêta devant le large porche où le cavalier se laissa glisser à terre, assez brutalement.

La jument, avec son mètre soixante-dix au garrot, était difficile à monter ; aussi un escabeau s'avérait-il nécessaire. Surtout pour Yohan qui n'était pas très grand. Attentive à cet homme qui lui témoignait tant d'affection, la jument ne bougeait pas tant qu'il ne lui donnait pas l'ordre d'avancer. Elle le comprenait à la perfection, savait quelle humeur l'habitait, souvent différente. Et elle s'efforçait de s'adapter, de lui donner en retour ce qu'elle éprouvait à son égard : un attachement inconditionnel. Seuls quelques initiés savent à quel point les chevaux devinent la personnalité de ceux qui les approchent. Très rarement un cheval réputé difficile se comportera inconsidérément avec un jeune enfant sur son dos. En revanche, un homme ou une femme sans expérience en équitation se verra infliger bien des désagréments par le même cheval.

La menant par son licol, unique harnachement qui l'équipait, il la conduisit à son box et entreprit de la bouchonner soigneusement. Il passait aisément sous son ventre, contre ses postérieurs, sans crainte d'une ruade. Le râtelier garni de foin, la litière de paille changée, il prenait ses naseaux dans ses bras, restait longuement ainsi à lui murmurer tout ce qui n'allait pas dans sa tête, et la liste était fournie. La jument, parfaitement immobile, sentait combien ce moment était important et attendait sagement qu'il se termine.

*

La bourrasque ne faiblissait pas, malgré des amollissements passagers destinés à mieux tromper son monde. Les éléments projetaient leur hargne sur ces petits humains prétentieux qui ne cessaient de les défier, de continuer leurs activités, quelle que soit la violence de la nature, outrée de la manière dont on la traitait.

Il était onze heures du matin, heure de tranquillité chez Ty Porzh. Pierre, le patron, lisait son journal en compagnie de son client Loïc Pouliquen, le vieux retraité maritime. Qui lui aussi lisait le journal, le sien, qu'il apportait tous les jours. Ce n'était pas le même titre que celui de Nédelec : *Ouest-France* pour l'un, *Le Télégramme* pour l'autre. Loïc poussait sa mesquine générosité à le laisser sur le comptoir une fois sa lecture achevée. Ce qui nécessitait au moins deux heures. Il détaillait soigneusement chaque article, essayait de se faire une synthèse pour certains sujets un peu ardus. Ardus pour lui, il ne se faisait pas beaucoup d'illusions sur ses facultés intellectuelles.

Veuf depuis trois ans, le café, son café, tenait lieu de centre culturel, d'unique source de convivialité, où le temps s'écoulait agréablement, pas comme chez lui où l'absence de sa femme créait une solitude insupportable. Leur couple heureux et paisible cessait son parcours, la maladie emportant quarante-cinq ans d'amour. Loïc se reprochait tous les jours de ne pas avoir été assez attentif à Soizic, de ne pas avoir suffisamment veillé à son bien-être, de ne pas avoir eu assez de ces petites attentions qui font tellement plaisir aux femmes, ne serait-ce qu'offrir un bouquet de fleurs. Les derniers instants, déchirants, en compagnie de leurs enfants et petits-enfants, éliminaient une vie maintenant réduite à l'ennui et aux souvenirs douloureux. Seuls subsistaient le Ty Porzh et quelques balades par beau temps sur cette extraordinaire côte du pays Pagan, la plus belle de France estimait-il.

Des relations l'invitaient de temps en temps à dîner ou déjeuner, mais son ressort ne se remontait plus. Il attendait tranquillement, sans aucune appréhension, de rejoindre la femme qu'il avait aimée. Une femme de marin qui avait su l'attendre pendant ses nombreux déplacements, qui assumait sans aucune récrimination un quotidien modeste, qui lui avait offert ce socle inébranlable de confiance et d'affection qui permet de passer une existence réussie. C'était tout simplement merveilleux, et il ne le réalisait qu'en se retrouvant seul.

La porte qui se referma brutalement rompit la quiétude du bistrot par le bruit et le tourbillon d'air qui se ruait à l'intérieur.

— Salut, Pierre, salut, Loïc.

Jean-Marie Legarrec se frotta les mains d'un geste machinal avant d'en tendre une aux deux hommes.

Tandis qu'il prenait place devant le comptoir, Loïc fit semblant de reprendre sa lecture. Il n'avait pas envie de lui parler, encore moins à lui qu'aux autres. Pourtant ils portaient le même grade de quartier-maître de première classe, avaient sûrement navigué sur les mêmes bâtiments, dans les mêmes endroits. Mais un détail indéfinissable le rebutait chez ce personnage, un je-ne-sais-quoi de trouble dans les yeux. Il le soupçonnait également de brutalité. Et puis sa femme… Rien que de regarder sa manière indécente de s'habiller, sa façon aussi de toiser les hommes, quelque chose n'allait pas qui heurtait la conception de Loïc sur le comportement en société, surtout dans une petite bourgade. Le couple s'était installé au manoir quelques années auparavant, embauché à demeure. Ils n'étaient pas de la région. Legarrec était né à Lorient, et elle, la Linda, on ne savait trop où. Maintenant qu'ils avaient mis la main sur le domaine, on devait les supporter. Il est vrai qu'ils en assumaient les conséquences. Mais bon, on n'était pas obligé de leur parler. Loïc, concentrant son attention, se replongea dans son journal.

*

— Papa, j'ai beaucoup péché !

— Ça suffit, je ne suis pas ton père.

— Mon père ou mon papa, c'est pareil !

— Non, tu le sais très bien. Alors, je t'écoute.

Une mélodie de fausses notes, chantée à voix basse, retentit derrière la lucarne à croisillons.

— « *Tout flatteur vit aux dépens de celui qui l'écoute. Cette leçon vaut bien un fromage sans doute…* »

— Ne recommence pas avec ça !

— Tu n'aimes plus ? C'est toi qui m'as fait apprendre.

— Oui, mais il n'y a pas que La Fontaine ! Tu n'as appris que ça. Ce n'est pas suffisant. Alors, dis-moi tes… péchés.

— Tu m'emmèneras boire un chocolat chaud après ?

— Si tu veux. Alors ?

Il y eut un petit rire, perçu en dehors du confessionnal par deux personnes en prière dans l'église.

— Ben… J'ai eu une récompense…

— C'est-à-dire ?

— Une branlette géniale ! J'ai failli m'évanouir.

— Qu'est-ce que tu avais fait encore ?

— Je te le dirai pas, tralala…

— Pourquoi tu…

— T'aimerais pas qu'on te fasse une petite branlette à toi aussi ?

— Arrête immédiatement !

— Je suis sûr que ta zizounette devient dure…

— Tais-toi, ou je ne te parle plus.

— Faut tout de suite que tu te mettes en colère. Maman, elle serait pas contente.

— Elle ne serait surtout pas contente que son fils me dise des horreurs.

— Ah ? Tu crois ?

— Évidemment. Tu te souviens de ce qu'elle te…

Le curé se tut, entendant des sanglots étouffés de l'autre côté de la mince paroi.

— Elle ne te gronderait pas si tu étais plus respectueux à mon égard. Ne pleure pas… Tu sais bien que je suis là pour te protéger, pour t'aimer aussi…

Les pleurs cessèrent après quelques secondes.

— Ouais… Mais je peux rien te dire sans que tu te fâches. Je peux rien faire non plus, tu me disputes tout le temps… Eux, au moins, ils m'embêtent pas…

— C'est bien dommage que tu sois avec eux.

— Ah, ben non alors…

— Si ! Je ne peux malheureusement rien faire.

— Ouais et puis… ils ne t'aiment pas beaucoup.

— Je sais…

— Mais moi, je t'aime bien.

— C'est gentil ! Ce serait important que tu fasses des efforts pour… lire des livres que je te donnerai… pour prier aussi, même un peu.

— Non, je veux pas… Ton bon Dieu, y m'emmerde !

— Je t'interdis de dire ça. C'est honteux !

— D'accord : il m'ennuie ! Voilà…

— Si tes parents t'entendaient !

— Tu me l'as déjà dit… Maman elle aimait bien le bon Dieu, hein ?

— Oui, elle était merveilleusement croyante. Ton père aussi…

— Mon père, j'm'en fous.

— Ça non plus, je ne l'accepte pas !

— Tu aimerais ton père, toi, s'il te parlait pas, s'il te faisait jamais un bisou ? Hein ?

— Oui, s'il avait fait pour moi tout ce qu'il a fait pour toi.

Il y eut un silence, ponctué de cris de goélands dans le lointain.

— « *On me l'a dit : il faut que je me venge. Là-dessus, au fond des forêts, le loup l'emporte, et puis le mange sans autre forme de procès.* »

— C'est tout ce que tu as à me dire ?

— Non, je suis heureux avec Sonia… Je la baiserais bien, mais elle est trop grosse.

— Sors d'ici !

— Tu me donnes pas l'absolution ?

— Ça ne sert à rien… Mon Dieu, pardonnez-moi.

MAI 2013

Le début de soirée de ce 15 août baignait le manoir et son parc d'une douceur extraordinaire. Cette lumière était digne d'être immortalisée par un grand peintre. Pas un souffle de vent, pas un bruit non plus. C'était l'atmosphère d'un conte de fées où un miracle, quel qu'il soit, aurait été un événement normal. Sur le sol pavé devant les communs où se situait leur logement, les Legarrec recevaient pour la première fois Thierry Gondrand, très surpris et ravi de découvrir le prestigieux manoir. Linda préparait un véritable dîner de fête, et Jean-Marie servait un grand cru bordelais, qu'ils avaient coutume de boire au cours des repas sortant de l'ordinaire. Sachant l'effet que cela produisait sur les deux hommes, la maîtresse des lieux avait revêtu une jupe courte légèrement fendue, des bas noirs et des escarpins, ainsi qu'un corsage sans soutien-gorge qui s'arrêtait au-dessus du nombril. Le tout couronné par un maquillage coloré. La provocation s'avérait très réussie. L'expert-comptable ne les ayant pas vus depuis longtemps se faisait relater dans les détails les faits de leur quotidien.

— Enfin, moi, je travaille, mais pas Linda. Et quand je dis travailler, ce n'est pas le bagne. Je peux embaucher un artisan ou une entreprise au besoin.

— Et l'amiral te laisse décider ?

— Totalement. Remarque que je n'abuse pas.

— Il est souvent absent ?

— Oui, c'est son métier qui veut ça. Pour le moment, il est en mission au Moyen-Orient, et il y a des chances que nous ne le voyions pas avant fin septembre. On s'occupe aussi de son fils, comme je t'ai raconté.

— Ça se passe bien ?

— Jusqu'à aujourd'hui, oui. Avant de décéder, sa mère m'a bien expliqué comment se conduire avec lui.

— Et le père ?

— Ça ne le préoccupe pas beaucoup. Comme ses grands-parents, d'ailleurs, des deux côtés. Heureusement, il a eu l'idée de lui offrir un cheval, et ça a transformé sa vie. Et puis le curé nous file un coup de main. C'est lui qui l'a éduqué à la place du père.

— Ah bon ! C'est le père… père alors !

Le Cheval Blanc 1989 renforça les rires sur la plaisanterie. Comme la bouteille était vide, Jean-Marie se leva pour aller en chercher une autre. Ce qui permit à Thierry de passer la main sous la jupe d'Linda sans soulever ni le tissu ni la protestation. Si son homme le voulait bien, elle renouvellerait la bacchanale des vacances aux îles Caïman. Seulement s'il l'autorisait.

Au dessert, tous trois bien enivrés, ils abordèrent la question de leur avenir.

— Pour l'instant, je ne peux pas bouger, dit Legarrec. On prend la mesure de tout ce que représente ma charge, on verra ensuite.

— C'est un sacré domaine ! Il a une fortune de famille, l'amiral ?

— Sûrement. Ce n'est pas avec sa solde qu'il peut entretenir tout ça.

— Intéressant. Tu pourras peut-être me brancher un jour, question gestion et placements.

— C'est bien dans mes intentions. Mais ne brusquons pas les choses.

— Évidemment.

— Je vous offre un petit digestif, les hommes ?

— Avec plaisir. Tu auras même le droit de trinquer avec nous !

— Monsieur est trop bon.

Linda se leva, et prenant la tête de Jean-Marie dans ses mains, l'embrassa lascivement.

En allant quérir l'alcool, elle fit un clin d'œil à Thierry. Les hommes la regardèrent s'éloigner d'un œil concupiscent, sachant très bien, l'un et l'autre, où elle voulait en venir.

— Quelle belle soirée ! Je suis heureux de ce qui vous arrive. Il est tout seul, le taré ?

— Non, on a une femme de confiance qui s'occupe de lui à temps plein. Moyennant une augmentation de salaire, elle habite au manoir avec son mari dans les combles aménagés. Mais lui travaille à Gouesnou. Ça fait des années qu'elle est là. Elle le connaît bien, ce qui nous arrange.

Linda revenait avec la Fine Napoléon et les petits verres. En remplissant celui de Thierry, elle fit en sorte, en se penchant, de lui offrir une vue imprenable sur ses seins.

Pour Jean-Marie, elle s'appuya d'une main sur son entrejambe avec le massage adéquat.

— Santé ! clama-t-elle, enthousiaste, en levant son verre.

— Santé ! firent les deux autres.

Il y eut un silence pour la dégustation de la vieille liqueur millésimée, chacun soupesant ce qui allait se passer.

— On t'a préparé la chambre d'amis, dit enfin le régisseur.

— Merci, c'est gentil.

Plus tard, alors qu'Linda exerçait avec son homme l'art consommé du plaisir, il lui murmura :

— Tu peux le rejoindre après, si tu veux.

Ce qu'elle fit dès qu'il fut endormi.

*

Isabelle arriva à vélo à dix heures précises, tel que Jean-Marie le lui avait demandé. Elle frappa à la porte des communs, intimidée par l'homme qui la convoquait.

Malgré les traits caractéristiques de la trisomie, son visage était agréable. L'acuité de son regard traduisait une intelligence manifeste. Sa silhouette assez trapue était pourtant harmonieuse et dégageait une impression de force physique. Elle avait revêtu un ensemble en jean avec un chemisier blanc à col rond, et des baskets avec des chaussettes montantes.

Legarrec lui ouvrit la porte.

— Entre, Isabelle.

Il la fit asseoir, ne voulant pas dominer de sa masse la petite taille de la jeune femme. Elle lui tendit un cahier d'écolier.

— J'ai travaillé comme stagiaire il y a deux ans dans une graineterie pour les maraîchers. Je notais toutes les expéditions avec les semences spécifiques.

Legarrec commença à feuilleter le résultat d'une organisation rigoureuse.

— C'est toi qui as décidé de procéder comme ça ou bien on te l'a indiqué ?

Elle rougit gentiment.

— C'est moi, parce que leur manière de faire était complètement con. Un vrai bordel !

— Ah ! L'entreprise devait être satisfaite alors ?

— Ben, non. Au contraire. Ça les a foutus en rogne, et y m'ont virée !

— Pas possible !

— Si ! Y m'ont dit que c'était pas une tarée qui allait leur apprendre leur boulot !

Elle regarda attentivement Jean-Marie, guettant sa réaction. S'en rendant compte, il choisit soigneusement ses mots.

— Ce sont des imbéciles. Tu as le sens de la classification, et ta présentation est impeccable. C'est très bien. Le travail que j'ai à te proposer est beaucoup plus simple, mais sur le même principe.

Il lui expliqua en quoi consistait ce qu'il attendait d'elle.

— Évidemment, ce n'est pas très important. Mais si ça t'intéresse, il y a un gros travail d'entretien sur le parc. Je peux aussi te prendre comme jardinière. Il y aura bien sûr une petite formation.

Elle écarquilla les yeux, joyeusement surprise.

— Vous… vous m'embauchez ?

— Oui, sans hésiter pour la petite comptabilité. Le jardinage… ça te va ?

— Bon Dieu, oui, alors ! J'en ai marre de ne rien branler. Ma mère croit que je suis une feignasse, mais c'est pas vrai. Ce sont les gens qui ont honte de moi.

— Moi, je ne suis pas les gens. Si tu travailles bien, je ne vois pas pourquoi j'aurais honte de toi.

Elle opina plusieurs fois, émue par des paroles qu'on ne lui avait pas souvent adressées. Baissant la tête, elle tendit la main et, lorsqu'il l'eut prise, elle secoua maladroitement son bras avec vigueur.

— Merci, m'sieur. Je bosserai bien pour vous, vous verrez.

— J'en suis sûr. Tu ne veux pas savoir combien tu vas gagner ?

— Ben, j'y avais pas pensé… C'est ma vieille qui va être contente. Et puis, je verrai mon pote tous les jours. Ça n'a pas d'prix, ça ! Je n'ai que lui comme ami… depuis toujours.

— Je sais. Viens, je vais te montrer ce qu'il faut faire dans le parc.

*

Lerouzic, fraîchement nommé capitaine, regardait les documents étalés sur son bureau, mais ne voyait rien. Il avait la gueule de bois. La veille, la soirée avait été chaude. Sa femme s'était surpassée, offrant un dîner délectable à leurs vieux amis. Ils avaient refait le monde, il le nécessitait, jusqu'à… pas d'heure, et malgré l'absorption d'un Alka Seltzer, un mal de tête caractéristique l'empêchait de se concentrer sur quoi que ce soit. Trois coups, pourtant discrets, frappés sur sa porte, provoquèrent trois explosions dans ses méninges détériorées par les vapeurs de Lambig[7].

— Tu ne peux pas taper plus doucement, non ?

Lelièvre, qui connaissait l'état de son chef ce matin-là, eut un sourire faussement apitoyé.

— Excuse-moi, mon capitaine. Mais il est nécessaire que tu voies ça.

Il lui tendit une feuille de papier. L'officier dut mobiliser son attention pour comprendre ce que signifiait le message.

BANDE DE TROU DU CUL
INCAPABLE DE FAIRE VOTRE MÉTIÉ
LE TARÉ QUI FAIS DES TROUS DANS LES BATEAUS EST SOUS VOTRE NEZ. MAIS SA VOUS VIENS PAS A L'IDÉ D'ARRÉTÉ YOHAN MAILLEBOIS. VOUS AVEZ TROP LES GETONS PAUVRES FIOTES

La minable missive eut le mérite de le ramener dans la réalité, douloureusement il est vrai.

Lelièvre guettait la réaction de son chef.

— Yohan Maillebois a été dénoncé trois fois, je crois. Sa dernière audition remonte à quand ?

— Euh… je dirais au moins deux ans.

---

7. Lambig : eau-de-vie de cidre en Bretagne, semblable au calvados.

Il laissa passer un silence, le temps que ses neurones reprennent leur place.

— On va le reconvoquer. Peut-être que dans ses divagations il nous apportera un indice sous la forme d'une nouvelle rencontre, ou un détail qui l'aura frappé. Il se balade beaucoup.

— Tu ne penses pas que…

— Non, en aucune façon, ce n'est pas lui le saboteur. J'en ai suffisamment parlé avec son pédopsychiatre. Ses débordements ne sont que mentaux. Il est incapable de faire le moindre tort physiquement.

— En tout cas, il faudra faire attention.

— Je sais. On ne refera pas la même erreur. Demande aux Legarrec de l'amener demain à dix heures.

— Bien, chef. Je peux me permettre une suggestion ?

— Oui, je t'en prie.

— Rentre chez toi. Il n'y a aucune urgence. Si on te demande, je dirai que tu es en mission.

Lerouzic resta un instant immobile, regardant son adjoint avec affection. Il pouvait presque être son père.

— C'est bien de compter sur ses hommes… dans les circonstances difficiles.

*

Les nuages s'enfuyaient à une vitesse anormale, laissant par endroits des trouées par lesquelles la lune s'empressait de déverser des flaques de lumière agressive, qui s'accrochaient un instant sur la lande et les rochers, et s'évanouissaient aussitôt pour mieux réapparaître un peu plus loin. Il n'était pourtant pas très tard, mais la nuit s'accordait avec la vocifération des vents pour rebuter la moindre présence vivante.

Néanmoins s'ajoutaient au vacarme des déferlantes écumantes le martèlement rapide émis par le galop du cheval cyclopéen et les hurlements de son cavalier déchaîné, qui se sentait en harmonie avec ce contexte aux allures surnaturelles. Devant ce spectacle qui rappelait les pires contes diaboliques, un observateur éventuel se serait enfui, terrorisé. Mais la lande était déserte, et l'étrange cavalier disparut dans une intermittence de noir et de lumières blafardes.

*

La messe achevée, il quitta l'autel et regagna la sacristie. Il entendit ses cinq vieilles paroissiennes sortir tout à tour avec le bruit caractéristique du lourd battant de porte qui se refermait, en propageant un écho dans l'église.

Cette église qui n'était pas la sienne, mais dont il assurait les offices, ainsi que pour quatre autres depuis la raréfaction des prêtres et des fidèles, c'est-à-dire quinze ou vingt ans. Non, son église était celle de Guissény, celle qui l'avait séduit, ébloui dans son enfance, bien avant qu'il choisisse son sacerdoce. Alors qu'il n'avait pas cinq ans, il demandait à ses parents, lorsqu'il passait devant, la permission d'entrer dans l'édifice pour se recueillir, et adresser à Dieu une petite prière naïve de son invention. Son père, athée convaincu, avait l'intelligence de le laisser faire, un peu surpris quand même de la démarche spontanée d'un si petit bonhomme. Jakez s'y sentait parfaitement bien. C'était indéniablement un instant de bonheur, de paix intérieure. Et ce sentiment avait perduré jusqu'à l'évidence apparue à l'aube de ses dix-sept ans : il deviendrait prêtre. Sa décision, résultat logique de son comportement, avait déçu ses géniteurs. Ses deux sœurs beaucoup moins. Leur grand frère les avait toujours consolées, conseillées, protégées dans leurs rapports avec les garçons, dont il se démarquait par sa force spirituelle et une maturité inhabituelle. Il était le seul de la famille à avoir la foi, aussi surprenant que cela puisse être dans un milieu socialisant, mais pas borné. Le père Le Moën, une fois le fait admis, défendait son fils, et ne tolérait pas les réflexions moqueuses à son sujet. En retour, Jakez respectait les opinions politiques de sa famille, et s'évertuait à aider ses parents et ses sœurs comme il le pouvait.

Au volant de sa vieille Twingo Renault, le prêtre rentrait chez lui maintenant, une annexe construite au bout du jardin de la maison des parents, qu'il avait laissée à ses sœurs après leur disparition, six ans auparavant. La petite bâtisse lui suffisait grandement, et il était heureux de ne pas changer son lieu d'habitation, où il était né et comptait bien mourir. Quelle chance d'avoir eu toutes ces années de vie, ici, dans ce pays qui lui tenait à cœur, autant que son service dédié entièrement à Notre Seigneur, quels qu'en soient les sacrifices ou les difficultés ! Et il y en avait, dont la plus affligeante se manifestait presque tous les jours sous la forme d'un être dont il assurait d'abord l'éducation, et ensuite la charge morale de ses déviances. Notre Seigneur l'avait voulu ainsi. Jakez ne le prenait pas comme une punition, mais comme une épreuve dont il se devait d'être victorieux. Bien que ce soit loin d'être le cas malgré des efforts obstinés, le doute l'assaillait parfois sur ses capacités à dominer le mal. Alors, honteux de sa faiblesse, il redoublait de volonté, et affrontait encore ce pauvre être qui s'acharnait à le mortifier, à le ridiculiser, mais qui bien sûr ne pouvait se passer de lui.

La tempête sévissait sur le pays Pagan. Cela faisait deux jours que des rafales de vent cloîtraient les gens chez eux après avoir vaqué à leurs occupations professionnelles, ou à leurs courses indispensables.

Jakez ranima le feu dans l'insert, chauffage bien suffisant pour sa maisonnette. Un de ses beaux-frères veillait à ce qu'il ne manque jamais de bois, ce dont il lui était reconnaissant. Il se réchauffa un café sur la cuisinière à butane, et s'assit.

Qu'allait-il entendre encore comme horreurs quand l'autre viendrait demain à confesse, rendez-vous exigé purement par machiavélisme, et qu'il n'avait pas le courage de refuser, espérant à chaque fois trouver le moyen de calmer, ou de convaincre, cette pauvre âme dérangée ? Quelle épreuve, mon Dieu, quelle épreuve !

*

L'adjudant-chef Lelièvre et son jeune maréchal des logis se mirent à l'abri chez Ty Porzh, alors qu'un déluge s'abattait sur le village. Ils étaient frigorifiés après avoir fait leur ronde sur la lande entre Kerlouan et Guissény. Nédelec les reçut cordialement, sans effusion exagérée.

— Et pour ces messieurs ?

— Deux grands cafés, s'il vous plaît.

L'heure du déjeuner approchait, mais pas question de prendre un apéritif en service. Et contrairement au dicton populaire, l'alcool ne réchauffe pas.

— C'est pas vraiment le temps idéal pour faire une ronde, dit le tenancier en servant les tasses fumantes.

— Non, mais ça n'a pas l'air d'arrêter les sabotages pour autant.

Les quatre clients présents se gardèrent bien d'ajouter un quelconque propos. D'accord, les gendarmes étaient des gens du coin, pas désagréables, mais on n'avait pas élevé des cochons ensemble.

Les esprits reprirent le cours de leur cheminement informel, tandis que les gendarmes absorbaient de petites gorgées de café brûlant en soufflant dessus.

La porte du bistrot s'ouvrit violemment, à son habitude.

— Ah ! Ben vous tombez bien, vous !

Le pêcheur Yves Salaün, en compagnie d'un homme en ciré jaune, refermant la porte avec habileté, s'approcha des militaires.

— Qu'est-ce qu'il se passe ?

— On vient de récupérer mon bateau au large, miraculeusement en bon état.

— Pour quelle raison ?

— Le salopard a coupé son amarre. Venez voir ! C'est plus possible, ça ! Bon Dieu de bon Dieu !

Sans un mot, Lelièvre et son maréchal des logis finirent leurs tasses, et suivirent les deux hommes qui n'avaient pas commandé de boisson.

Le canot de sauvetage de la SNSM avait remorqué l'embarcation de Salaün, et le bout d'amarrage avait été changé par une chaîne. Le pêcheur montra les deux tronçons du câble en nylon dont on distinguait nettement la coupure criminelle.

— J'ai eu une sacrée chance, parce que le bateau de Quenhervé, on l'a retrouvé enfoncé sur les rochers, l'année dernière.

— Je sais, j'ai pris sa déposition.

— Ah ! Ça ne sert pas à grand-chose votre paperasse.

— Vous croyez vraiment ? Vous devez pourtant savoir que c'est indispensable pour votre assurance.

Un silence chargé de ressentiments ne surmonta pas le bruit du vent et des vagues. Le sous-officier prit le parti de calmer le jeu, orientation qu'il préférait aux affrontements stériles, qui n'était pas toujours celle de son chef.

— Je suis d'accord, c'est exaspérant. Ça dure depuis trop longtemps. J'ai déjà demandé une surveillance aléatoire de nuit une fois par semaine. Je sais, ce n'est pas énorme, mais c'est un gros effort pour la brigade. De votre côté, vous pourriez peut-être inciter des amis à vous faire plus de… confidences. Pas des ragots. Vous voyez ce que je veux dire ?

— Si vous croyez qu'on vous a attendu pour ça. Les gens ont peur… Même les amis. Il y a des menaces avec ces foutues lettres anonymes…

Instinctivement, ils regardaient la mer tout en parlant, comme s'ils la prenaient à témoin de leur désarroi. Ils avaient tous la conviction que cette histoire était loin d'être finie.

JANVIER 2014

Les discours dithyrambiques furent pourtant interminables. L'Amirauté se surpassait pour le départ à la retraite d'un de leurs plus brillants représentants. Une carrière exemplaire, dans la lignée familiale, dont on évoquerait le souvenir dans les décennies à venir. Mais l'amiral Camille de La Roche-Maillebois ne pouvait s'empêcher de comparer la journée fêtant son départ avec les seize mille soixante passées au service de son idéal. C'était brutal et dérisoire. D'un coup, un métier, un engagement moral, un cadre de vie disparaissaient. Il y avait pensé à cette journée qu'il savait inexorablement prévue, mais elle restait dans le futur… lequel s'était rétréci jusqu'à finir en néant. Debout devant la grande porte-fenêtre qui donnait sur l'allée principale du manoir, un vide d'une lourdeur insupportable accablait toutes ses facultés. « Fini, c'est fini », ressassait-il, incrédule. Peut-être était-ce la raison pour laquelle son père restait aussi mutique avec son entourage, jusqu'à son départ définitif l'année dernière. Pourquoi alors fonder une famille, et ne pas s'y intégrer, se bâtir intérieurement sans valeurs d'amour ? Parce que c'était la norme ? Suivre les habitudes, les traditions ? Camille aboutissait à la triste conclusion que l'amour ne faisait pas partie de sa famille, ou bien était considéré comme quelque chose de superficiel. Voilà, ses parents l'avaient aimé du bout des lèvres, et il avait perpétué le schéma. Dieu le punissait de son égoïsme et de son orgueil. Dans sa solitude, sa foi ne lui indiquait qu'une seule conduite : le repentir.

Enfilant un manteau chaud, il sortit pour se promener dans son domaine. Là encore, il reproduisait les errements paternels. Il est vrai que la marche et l'observation dans son vaste territoire lui procuraient un solide réconfort, basé sur des sentiments millénaires ; la satisfaction de posséder, d'être à l'abri de la pauvreté, et de se sentir en haut de l'échelle sociale. Une souvenance fugace de la lecture du roman de Paul Vialar, *La Grande Meute*, l'irrita. Comment peut-on perdre tout ce qu'on a hérité ou acquis pour une passion stupide, cumulée avec une vie incohérente ? Même s'il devait assumer ses manques, son sort continuerait sur des assises solides. Et puis ce personnage passionné de chiens de chasse… comment s'appelait-il déjà ? Le comte de Côme ? Qu'importe, c'était un homme immoral, sans métier, sans structure spirituelle, en aucun cas comparable à ce que l'amiral de La Roche-Maillebois représentait.

La silhouette massive de Legarrec chargeant la remorque du tracteur avec des bûches, là-bas au loin, renforça le bien-être renaissant de son moral. Quelle chance d'avoir recruté son ancien quartier-maître ! Cela faisait déjà quatre ans qu'il officiait ici. Quatre ans sans histoire, quatre ans de tâches accomplies avec conscience et compétence. On ne pouvait espérer mieux.

En approchant, Camille distingua Isabelle Traonouez qui aidait en empilant le bois sur le plateau. Elle aussi était une bonne recrue. À sa tenue des comptes précise et claire pour le domaine s'ajoutait maintenant celle des dépenses courantes pour le manoir. Elle présentait régulièrement son cahier, toute fière de recevoir l'approbation de son employeur, Legarrec, et les compliments du grand patron, bien que plus rares. D'une constitution robuste, elle exécutait son travail avec exaltation, parfois sans raison justifiable avec colère. Et puis elle veillait particulièrement à protéger la faune des vingt-sept hectares. Il ne fallait pas déranger les terriers de lapins ou des nids d'oiseaux par le vacarme des engins, débroussailleuse, tronçonneuse ou autre, lorsqu'elle les avait repérés. Inutile d'insister, ou alors c'était un drame disproportionné. Jean-Marie avait fini par respecter ce genre de lubie, largement compensée par un engagement total au service de ses travaux.

Le nouveau retraité les salua d'un signe de la main auquel ils répondirent. Il bifurqua dans une allée latérale n'ayant pas envie de parler. Il n'avait jamais eu envie de parler beaucoup. Ce n'est pas maintenant qu'il allait changer. Surtout pour dire des banalités. Le mot banalité provoqua un remous dans ses pensées : et s'il se lançait dans l'histoire, peu courante à ses yeux, de sa lignée de navigateurs célèbres ? Voilà une entreprise digne d'intérêt, réunissant littérature, histoire et recherches. L'idée ne le lâcha plus jusqu'à ce qu'il prenne la décision de commencer. Ainsi il oublierait tout, plongeant dans un monde bien particulier, abondamment peuplé de gens, d'images, de situations qui, paradoxalement, le soustrairait à sa solitude.

*

CONNART ! TU FOUS RIEN, BIEN TRANQUILLE AVEC TA PUTE. TU DOIS TE GOINFRÉ UN MAXIMUM DANS TA POCHE. LE VIEU TE SURVEILLE PAS. ET TES TARÉS EMMERDE TOUT LE MONDE. FAIS GAFE ! ÇA POURAIT BIEN S'ARÉTÉ.

Le capitaine Lerouzic secouait machinalement la lettre anonyme, tel un éventail. Le carton, contenant toutes les autres fabriquées de la même façon au normographe, attendait qu'il la pose sur la pile. Pas la peine de l'enfermer dans un plastique transparent comme les premières. On n'avait jamais rien relevé, trace ADN ou empreintes digitales. Celle-là avait été apportée par Jean-Marie Legarrec. Il déposait plainte pour la troisième fois, à l'instar de ceux ayant reçu ces misérables courriers. Mais cela ne semblait pas l'affecter particulièrement. Cordial, tranquille, il était reparti après des amabilités d'usage. Il ne s'était même pas soucié d'un soupçon éventuel quant à l'identité du corbeau. Le gendarme se demandait qui ou quoi pouvait inquiéter un tel homme. Des rumeurs circulaient à son sujet. Plutôt au sujet de sa femme d'ailleurs. C'était assez courant dans les petites bourgades, où ceux qui ne pouvaient pas dire grand-chose d'eux-mêmes se préoccupaient d'en inventer beaucoup pour les autres. Surtout s'il s'agissait d'une beauté physique au genre provocateur. L'officier soupira. Il n'y avait rien à reprocher aux habitants du manoir, au contraire. À part les galops nocturnes de l'héritier Maillebois qui effrayaient les personnes âgées, aucun problème n'était à signaler en provenance du domaine. Lerouzic plaça la lettre anonyme sur les autres, remit le couvercle et rangea le carton. Ce faisant, il aperçut par la fenêtre du bureau Robert Lelièvre, son vieil adjudant-chef, qui sortait de sa voiture. Ce qui lui provoqua un pincement au cœur. Dans deux semaines, il ne serait plus là. Sa carrière s'achevait, et une activité débordante de loisirs lui succéderait. Son remplaçant était déjà là, impatient d'exercer son service, notamment dans la traque du naufrageur. Il était inadmissible à ses yeux que cette affaire, qui durait depuis plus de trente ans, n'ait pas été résolue. Il était implicite dans son jugement que la brigade ne pouvait être constituée que d'incapables. Ils allaient voir comment l'affaire se conclurait grâce à ses talents. En décrochant son képi pour sortir, Lerouzic s'amusa cyniquement en imaginant les mésaventures de son nouveau subordonné confronté au pays Pagan, lui qui débarquait de Seine-et-Marne.

— Bonne soirée, Robert.

— Toi aussi, Gaël.

Lelièvre s'approcha de son supérieur, prenant garde qu'ils soient bien seuls dans la cour de la gendarmerie.

— Je te souhaite bien du plaisir avec « Batman ».

— Ah, vous l'avez déjà baptisé ?

— Forcément, puisque à lui seul, tous les délinquants seront éliminés.

— On se sent bien petits quand même. Petits, mais… rassurés !

Ils échangèrent une poignée de main en riant.

*

Un amas de nuages sombres menaçait de fondre en un carnage d'eau, alors que le vent de noroît s'excitait déjà depuis l'aube. Les croyants éprouvaient vaguement une punition divine, tandis que les athées portaient un ciré ou relevaient leur col. Les femmes renonçaient au parapluie, trop fragile contre le souffle diabolique, et ajustaient une capuche étanche sur leur tête, nouée sous le menton.

Le curé Le Moën venait de célébrer une messe ce 11 novembre 2014, et son homélie émouvante saluait la mémoire des dix millions de morts du premier conflit mondial, dont les cent quatre de la commune de Guissény. Il irait ensuite à Kerlouan renouveler le même office avec l'évocation, là aussi, des victimes de ce village. Très rares étaient, de la plus petite à la plus grande des trente-six mille communes françaises, celles qui n'avaient pas offert des innocents à la boucherie générale déclenchée par la bêtise humaine.

En sortant de la sacristie puis de l'église, il serra les mains de ses ouailles qui discutaient sur le parvis, malgré le climat exécrable. Madame Traonouez, la mère d'Isabelle, le salua d'un ton enjoué, ce qui n'avait pas toujours été le cas.

— Votre homélie était très belle, mon père. Mon grand-père, comme vous le savez, avait vécu cet enfer ; il n'en parlait pas beaucoup, mais le peu qu'il m'a confié m'a bouleversée.

— Moi aussi, ma chère Éliane. Peut-être m'en a-t-il raconté un peu plus qu'à vous.

— Ah ! Pourquoi pensez-vous cela ?

— Il était tourmenté de n'avoir pas porté secours à un ami blessé au cours d'un assaut, parce qu'il avait très peur. Il sauvait sa vie, et n'a jamais revu son frère d'armes.

— En effet, je ne connaissais pas cette histoire.

— J'ai essayé de le déculpabiliser…

Il s'interrompit en découvrant Isabelle et Yohan se tenant par la main et, les dévisageant, madame Traonouez suivit son regard.

— Voilà les deux inséparables, dit-elle.

— Oui, c'est une belle amitié.

Ils pensèrent furtivement chacun que c'était une chance engendrée par leur différence, différence allant jusqu'à les préserver des rapports amoureux, étant donné les préférences d'Isabelle.

Le couple se rapprocha. Yohan embrassa son ex-institutrice et le prêtre.

Isabelle se contenta d'un :

— Bonjour, m'sieur.

Ni l'un ni l'autre n'avaient assisté à l'office. Le prêtre et la directrice de l'école Sainte-Jeanne-d'Arc essayaient en permanence de pallier la conduite spéciale de ces êtres particuliers qui choquait leur éducation.

— Tu fais quoi après ? demanda Yohan à Jakez.

— Je vais à Kerlouan.

— Tu m'emmènes ?

— Si tu veux.

— Ouais ! On déjeunera au Ménéham.

— D'accord. Et toi, Isabelle ?

— Je rentre avec ma mère.

— Je n'ai presque pas vu ma fille de la semaine. Nous avons beaucoup de choses à nous raconter.

— Ben, ouais, elle fait du super bon boulot chez Maillebois… enfin… chez moi.

— Et je le vois tout le temps, avec Sonia !

Ils se séparèrent et, le grand gamin prenant la main de son père spirituel, ils allèrent chercher la vieille Twingo. À peine étaient-ils à l'intérieur que la cataracte se déversa. Il fallut attendre pour démarrer que les trombes du liquide céleste s'atténuent un peu.

— Bon Dieu d'bon Dieu ! Qu'est-ce qu'y flotte !

— Tu n'es pas obligé de jurer pour ça !

— T'as raison, mais c'est pas grave.

— Ce n'est pas gentil pour moi ! Tu le sais.

— Ouais, j'ai oublié. « *J'y pense et puis j'oublie.*

C'est la vie, c'est la vie. » Tu connais ? Elle est vieille, celle-là. C'est de ton temps[8].

— Effectivement, je l'ai déjà entendue. Mais dis-moi : ça change de La Fontaine ?

— « *La cigale ayant chanté tout l'été se trouva fort dépourvue quand la bise fut venue.* » Mais là, y'a pas d'musique.

— C'est vrai. Je n'ai pas le souvenir d'une fable de La Fontaine mise en musique.

— C'est con, hein ? Ce serait vachement bien quand même. Comme les autres chansons : « *Branle-moi avec des mitaines pour ne pas te salir les doigts. C'est aujourd'hui la Sainte-Philomène et...* »

— Tais-toi ! Qui t'a appris des horreurs pareilles ?

— J'te l'dirai pas ! Na !

— Je préfère tes fables. C'est plus élégant !

— Ouais... Dès qu'y'a des histoires de quéquettes, tu te sens mal, c'est ça, la vérité.

— C'est incompatible avec la voie que j'ai choisie. J'aimerais que tu respectes mon engagement.

Succéda à leur échange un silence de reproche mutuel, mi-amusé, mi-boudeur de la part de Yohan, navré et chagrin pour Jakez. Celui-ci avait reçu les confidences de son... son quoi ? Fils adoptif ? Élève ? Pauvre âme dont il se sentait responsable en tout cas, selon la promesse qu'il avait faite à sa mère. Et les confidences naïves révélaient la relation sensuelle avec Linda, la femme de Legarrec. D'abord choqué, le prêtre réfléchissait ensuite, pour aboutir à la conclusion que son poulain, incapable de fonder une famille, trouvait dans ces rapports troubles un plaisir, voire un semblant d'équilibre que personne d'autre ne pouvait lui apporter. Peut-être même cela

8. Chanson du chanteur Jacques Dutronc.

éliminait-il des pulsions dangereuses. Restait à surveiller la démarche de cette femme qui, il en était certain, n'avait rien d'innocent.

*

La tenue stricte et élégante de Thierry Gondrand fit plaisir à Camille. La dérive de l'habillement général de la population, orientée vers la médiocrité, voire la vulgarité, avec ses inscriptions stupides imprimées sur les tee-shirts, les vestes, les blousons, le dégoûtait. On ne faisait même plus un effort pour revêtir ce qu'on appelait autrefois « son trente et un » ou « ses habits du dimanche ». Des individus en jean, baskets, polo osaient montrer leurs tatouages dans des endroits chics. C'était « branché » bien sûr.

Jean-Marie Legarrec copiait son ami pour le présenter à l'amiral : costume sombre, bien coupé, cravate discrète, chemise blanche et chaussures cirées luisantes. Des discussions informelles quant à l'économie, la rentabilité des placements, la difficulté d'obtenir des taux intéressants aboutissaient à cette présentation d'un « spécialiste » de la question. Le notaire de famille qui gérait la fortune La Roche-Maillebois laissait sa place à un gendre qui ne leur plaisait pas du tout. D'abord les sœurs de Camille avaient quitté l'office notarial. Réticent, le nouveau retraité, maintenant disponible, s'était laissé convaincre par ses beaux-frères de choisir lui aussi un remplaçant. Ceux qu'il avait consultés jusqu'à présent n'avaient pas emporté son adhésion. Lorsque Legarrec avait proposé de rencontrer son meilleur ami, sans engagement, la suggestion avait été accueillie avec enthousiasme.

— Cela fait maintenant plus de cinq ans que Thierry a monté son cabinet à Lesneven, et vous pouvez vérifier, monsieur, sa réputation est excellente.

— Je n'en doute pas. Votre carte indique « Cabinet d'expert-comptable ». La gestion de biens, les placements sont dans une autre société, monsieur Gondrand ?

— Non. Notre activité est tout à fait légale, déclarée au fisc, mais compte tenu des problèmes dans ce secteur, je préfère être discret et gérer seulement quelques clients importants. Je peux ainsi leur consacrer plus de temps, et accroître mon efficacité.

— Cette position vous honore.

— Je vous ai apporté la liste des supports de placements les plus avantageux, avec lesquels je travaille.

Il ouvrit son luxueux porte-document estampillé Dunhill, et s'empara d'une chemise cartonnée. Décidément, tout était de bon goût chez cet homme, montre Audemars Piguet, lunettes de vue Gucci, boutons de manchettes Hermès ; Camille reconnaissait les marques dont sa famille était cliente depuis des décennies. Son père lui avait offert la célèbre montre suisse lors de son mariage.

— Vous permettez ?

Gondrand se leva et étala sur le bureau la documentation des différents organismes avec leurs taux de rendement suivant les supports.

— Personnellement, je vous recommande…

Et l'expert-comptable se lança dans des explications techniques, assorties de ses appréciations.

L'ennui de son client était palpable. Il n'y connaissait rien et ne considérait que les résultats.

— Nous sommes fortement imposés sur ces produits, fut sa conclusion.

— Oui, mais je vous ferai remarquer, monsieur, que mes taux d'intérêt sont supérieurs à ceux que votre notaire vous versait.

— Ah bon ! Vous êtes sûr ?

— Oui, je connais les taux pratiqués par cette profession. Ce n'est pas leur spécialité, contrairement à ce qu'on croit. Enfin, le monde rural. Tout cela a beaucoup évolué. Voulez-vous que je fasse une évaluation ?

— Volontiers.

— Pour cela, j'aurai besoin d'une liste comptable de vos biens et placements. Si vous en êtes d'accord.

La décision fut vite prise. Il ne risquait rien avec un professionnel dont l'amitié avec son régisseur était une caution solide. Et puis il se renseignerait sur la réputation du cabinet.

— Très bien. Je vais vous faire préparer un dossier complet et vous l'apporterai.

— Merci de votre confiance, monsieur.

Les deux hommes prirent congé, tandis que l'amiral se préparait à visiter les archives de la Marine nationale à Brest, en vue de l'élaboration des mémoires familiales.

Linda, malgré l'heure très matinale, déboucha une cuvée Dom Pérignon 2001. Ce n'était pas tous les jours que la perspective de mettre le nez dans une grande fortune se matérialisait. Ils en avaient rêvé, et le rêve devenait réalité. La redondance de cette constatation ponctuait chaque coupe du délicieux breuvage.

— Je vais servir quelque chose à manger, sinon on va être ronds comme des queues de pelle !

Linda prépara des amuse-gueules ainsi qu'une planche de charcuterie.

— Tu restes avec nous pour la journée ou tu as d'autres rendez-vous ?

— Je reste avec vous. Je n'ai rien prévu avant demain matin.

Donc l'annonce d'une fête sur tous les plans pour vingt-quatre heures. La maîtresse des lieux en eut un petit tournis au creux du ventre.

Jean-Marie, lui, se posait des questions sur la famille Maillebois dans son ensemble.

— Tu ne crains pas que les sœurs et leurs maris viennent demander des comptes ?

— Non, dans la mesure où il y a un héritier direct. La fortune lui revient.

— Mais… Yohan est incapable de gérer quoi que ce soit. Ni même de surveiller.

— Justement. C'est là où il va falloir jouer très fin. Mais il me semble que cela se présente bien, non ?

L'affirmation fut saluée par une nouvelle lampée.

*

Deux ans plus tard, Thierry Gondrand descendait de son cabriolet Mercedes tout neuf, son porte-document à la main.

Ses amis l'attendaient devant la table sur laquelle une présentation soignée des couverts était disposée. Sur la table basse du coin apéritif, les bouteilles et les verres.

— Bonne route ?

— Encombrée au départ de Brest.

— Ah, tu viens de là.

— Oui. J'aimerais mieux qu'on discute à l'intérieur avant de dîner.

— Des problèmes ?

— Au contraire. Je n'aimerais pas que quelqu'un entende, même partiellement, ce que j'ai à vous dire.

— Bon. Allez, on rentre.

Une fois assis dans le salon, l'expert-comptable les regarda avec un air mystérieux en hochant la tête. Linda réagit la première.

— Alors ? Tu nous fais languir !

Jean-Marie se mit à glousser.

— Tu vois pas que ce salopard le fait exprès !

— Vas-y ! Accouche !

— Si vous y tenez. Alors voilà : on vient de dépasser les cinq cent mille euros... Sur chacun de nos comptes, là-bas.

Ce fut une explosion de cris, accompagnée de gesticulations désordonnées. Quand ils se furent calmés, Linda voulut en savoir plus.

— C'est énorme ! Tu ne prends pas le risque d'être découvert et poursuivi ? Et nous avec...

— Pour cela, il faudrait que le principal intéressé ait des doutes et ne soit pas satisfait de ma gestion. Or, par rapport à son ancien notaire, ce que je lui verse est supérieur de trente pour cent. Et il approuve de sa signature chaque bilan que je lui soumets. Il ne connaît absolument rien aux transactions financières, et les comptes l'ennuient profondément.

Linda et Jean-Marie contemplaient leur ami avec admiration, comme à chaque fois. Jean-Marie se secoua malgré tout.

— Nous non plus, on n'y connaît rien. Tu peux nous décrire en gros comment tu pratiques maintenant ?

— Oui, bien sûr. D'abord merci de votre confiance. Depuis plus de quatre ans, j'ai créé plusieurs sociétés au sein d'une holding, là où nous allons en vacances une fois par an. Avec ces sociétés, j'ai placé des capitaux issus de l'entreprise Hervé et fils et de la fortune de Maillebois, en faisant bien attention au début de déclarer au fisc toutes les actions et les entreprises dans lesquelles j'avais investi. Mais ensuite, à l'étranger, je n'ai pas réintégré en France tous les bénéfices, et ils étaient conséquents. Je les ai réinvestis dans d'autres opérations qui n'ont subi que très peu de taxes. À partir de là, ces capitaux ont fait boule de neige. Je vous explique. Par exemple…

Et il se lança dans un exposé détaillé qui, bien que compliqué, fut tout de même compris. Le trio avait pris l'avion deux fois à destination des États-Unis ou du Canada, et achetait sur place un billet pour les îles Caïman, afin de ne pas alerter les autorités françaises en cas de contrôle inopiné. Les îles incarnaient LE paradis fiscal, connu du monde entier. Thierry veillait à tout. Y compris à ne pas révéler que son compte à lui s'élevait au double de celui de ses « amis ». Toute peine mérite salaire, et il estimait qu'il le méritait bien.

— Alors… champagne ! s'exclama Linda.

Tandis qu'elle allait quérir le Dom Pérignon au cellier dans son armoire réfrigérée, les hommes ressortirent. Legarrec, bien qu'euphorique, se préoccupait de la finalité.

— On ne pourra jamais rapatrier tout l'argent pour en profiter ici ?

— Pas sous forme de liquidité, évidemment. Mais rien n'empêche une société-écran d'investir en France dans une entreprise à notre nom… Sinon, finir tes jours au Luxembourg ou à Monaco, même en Andorre, ce n'est pas le bagne, non ?

— C'est vrai ! Ce qui ne m'empêchera pas de venir en Bretagne !

Linda arrivait avec le champagne et trois flûtes.

— Qu'est-ce qui vous fait rire ?

— L'idée de ne pas finir en EHPAD !

Elle partagea leur hilarité en remplissant les verres. La présence de ses deux hommes et ce qui infailliblement se produirait au cours de la soirée la rendaient survoltée. Ce soir elle avait troqué sa minijupe contre une longue, laquelle était fendue jusqu'en haut de la cuisse. Son chemisier noir, à moitié transparent, laissait entrevoir sa poitrine ferme et généreuse, sans soutien-gorge. Grâce à un exercice sportif quotidien, elle paraissait facilement dix ans de moins que son âge. Souvent elle repensait à sa rencontre avec Jean-Marie, et à sa décision soudaine de lui appartenir. C'était inexplicable. Un instinct puissant s'était substitué à son raisonnement, et le résultat de ce sauvetage s'apparentait à de la magie. Oui, il l'avait sauvée de son misérable univers de prostitution, de violence, de déchéance physique. Et en plus, il respectait sa personnalité, sans l'étouffer de jalousie, ou de mesquinerie. Elle l'aimait comme elle n'avait jamais aimé, et vivre ensemble sans heurts lui paraissait inimaginable !

Elle lui tendit sa flûte, et l'embrassa en s'appliquant à lui communiquer toute son envie, son amour, et sa soumission totale. Il le sentit, et son désir se manifesta instantanément. Elle le comblait sur tous les plans et lui procurait un équilibre dont il avait fini par avoir conscience.

Thierry, lui, se contentait du rôle du « voyeur », pour le moment. Cette situation étrange, qui perdurait au-delà de ses espoirs, compensait son isolement initial. Il était né solitaire, égoïste, sans considération pour ses semblables, surtout les femmes qu'il estimait inférieures aux hommes. Avec Linda, tout avait basculé. Elle l'avait entièrement capté physiquement, sans pour autant trahir Jean-Marie, puisqu'il était d'accord. Mais surtout, il détectait chez elle une volonté de vivre très forte en adhérant aux valeurs matérielles, même s'il fallait pour cela s'écarter de la légalité. Et sur ce terrain-là, il la rejoignait totalement.

Ils trinquèrent en se promettant avec les yeux tout ce que leur enthousiasme leur suggérait.

— J'ai retenu nos places pour le 13 août sur American Airlines. Ça vous va ?

— Parfait.

— Direction Miami, où nous passerons trois jours. Ensuite George Town[9] pour trois semaines. Je viens de recevoir plusieurs photos des travaux effectués dans notre maison. Regardez.

Il leur tendit son smartphone. Ils avaient acheté une grande bâtisse de style colonial en mauvais état à un couple de vieux Londoniens qui voulaient rentrer en Angleterre. C'était une excellente affaire, car une horde de riches hommes d'affaires, de toutes nationalités, était à l'affût pour s'installer dans cet éden de la finance aux six cents banques. Ils avaient constitué une SCI[10] pour réaliser l'opération, ce

---

9. George Town, capitale des îles Caïman. Antilles britanniques.

10. Société civile immobilière.

qui laissait à chacun la liberté de revendre ses parts quand il le désirerait.

Des exclamations d'admiration saluèrent les clichés montrant l'aménagement terminé de la maison, ainsi que le grand jardin tropical avec la piscine et son somptueux pool house. Un couple de Philippins, embauchés à l'année, entretenaient la demeure.

— On pourrait aussi finir nos jours dans l'île, remarqua Jean-Marie.

— C'est une possibilité, mais la vie y est extrêmement chère, et nos capitaux ne sont pas encore à la hauteur pour vivre de nos rentes sans nous priver.

— On a du temps devant nous pour qu'ils le soient ! On te fait confiance, Thierry. À nous !

Linda leva son verre en les regardant avec gourmandise.

*

— Mon capitaine, le fils Maillebois est là avec Legarrec.

— Fais-les entrer. Viens près de moi, Robert.

L'adjudant-chef Lelièvre apporta son siège de l'autre côté du bureau. Ils avaient déjà auditionné l'homme handicapé, et savaient maintenant s'adapter à son comportement anarchique. Quant à Legarrec, sa présence procurait une sécurité, autant pour eux que pour Yohan, qui se sentait protégé.

— Prenez place, messieurs.

À l'instar de sa dernière visite, datant pourtant de deux ans, Yohan loucha littéralement sur le pistolet du gendarme accroché à sa ceinture.

— Tu me feras voir ton arme, s'il te plaît ?

— Je n'ai pas le droit, mais pour toi je ferai une exception si tu réponds bien à mes questions.

— Ouais, t'es comme Jakez, faut toujours faire un truc en échange de quelque chose.

La réflexion fit rire les trois hommes.

— C'est mieux qu'un échange : je te fais plaisir, et toi aussi tu me fais plaisir. On a besoin de toi pour savoir si tu n'as pas aperçu, au cours de tes promenades à cheval, quelqu'un ou quelque chose de bizarre.

Yohan le regarda fixement.

— « *Ne point mentir, être content du sien c'est le plus sûr : cependant on s'occupe à dire faux pour attraper du bien. Que sert cela ? Jupiter n'est pas dupe.* »

N'attendant pas une telle repartie sous forme de fable, il y eut un instant de stupeur. C'était en plus approprié à la situation, ce qui leur paraissait invraisemblable de la part d'un individu qualifié d'attardé mental. Lerouzic aiguisa son attention.

— Je suis impressionné par ta culture. Ce texte est de qui ?

— Ben, La Fontaine, voyons !

— Ah, je ne savais pas. Mais je n'ai pas l'intention de te dire des choses fausses pour que tu me répondes en me livrant tes secrets.

— Tu veux quoi, alors ?

— Simplement ce que j'ai dit : as-tu remarqué quelqu'un ou quelque chose d'inhabituel en te promenant ? Je n'ai pas envie de t'embêter.

— Tu me feras voir ton pistolet, c'est bien vrai ?

— Je tiendrai parole.

— Alors, oui !

— Oui, quoi ?

— J'ai vu un truc pas net.

— On t'écoute.

— Ben… Avec Sonia on est tombés sur deux péquins…

— Sonia ? C'est qui ?

— Ma jument.

— Ah, excuse-moi, continue. Deux péquins ?

— Ouais, deux péquins. Y z'avaient le cul à l'air.

— Deux… hommes ?

— Non, un mec et une gonzesse.

— Tu les as reconnus ?

— Non, dans le noir, je voyais pas bien. À mon avis y z'étaient en train de baiser debout ! Même que le mec, il était pas content. « Fous le camp, abruti ! » qu'y m'a crié, le malpoli.

— Et c'est ce que tu as fait bien sûr.

— Ouais…

— C'est tout ?

— Ben ouais… Avant de rentrer, j'ai vu l'autre.

— L'autre ?

— Celui que j'vois des fois.

— Où ça ?

— Surtout quand Sonia et moi on galope sur la plage, au ras des vagues. Elle aime bien mouiller ses sabots.

La concentration des deux gendarmes monta d'un cran.

— Il était où l'autre ?

— Près d'un bateau.

— Il faisait quoi ?

— J'sais pas.

— Tu sais qui c'est ?

— Nan… j'm'en fous, pourvu qu'y fasse pas peur à Sonia. Parce que Sonia, elle est confiante, c'est une gentille, mais faut pas la surprendre…

— Tu dis l'avoir vu quelques fois. Tu peux nous le décrire ?

— Euh… ouais. Il est pas très grand, plutôt mince. Il est habillé en plongeur, tout noir avec la tête aussi.

— Tu ne t'es jamais approché de lui ?

— Nan… j'veux pas faire peur à Sonia.

— Et lui, quand il te voit, qu'est-ce qu'il fait ?

— Rien. Il attend que je passe.

— Tu veux dire qu'il s'immobilise à ta vue jusqu'à ce que tu disparaisses ?

— C'est ça…

— Tu l'avais déjà vu quand tu es venu nous voir la dernière fois ?

— Ben… oui.

— Pourquoi tu ne nous en as pas parlé ?

— J'sais pas, c'est comme ça… Tu me donnes ton pétard ?

— D'accord. Deux minutes, pas plus.

Le capitaine Lerouzic sortit l'arme de son étui, enleva le chargeur, vérifia qu'il n'y avait pas de balle dans le canon et le lui tendit.

— Oh, la vache ! Qu'est-ce qu'il est beau ! Je peux viser les goélands par la fenêtre ?

— Bien sûr. Robert, tu l'accompagnes.

Lorsqu'ils se furent éloignés, le capitaine s'adressa à Legarrec en baissant la voix.

— Vous savez pourquoi il a un langage aussi… argotique ?

— Oui. Depuis la maternelle il a une amie qui est la fille de son institutrice à l'époque. Elle est… trisomique mais très intelligente. Il la considère comme sa sœur. On ne sait pas pourquoi, elle s'exprime comme un voyou. Peut-être en réaction contre ses parents. En tout cas, c'est elle qui lui a appris à parler comme ça, j'en suis certain, je l'ai entendue.

— Quel âge a-t-elle ?

— Plus âgée que lui. Pas loin de quarante ans.

— Ils se voient souvent ?

— À peu près tous les jours. Elle habite au village. Elle vient au manoir à vélo pour travailler ; quelques fois, il va chez elle à pied. Ils jouent avec une console Nintendo, ou bien font des puzzles ou encore un Scrabble. Mais là, Yohan a du mal, il s'ennuie rapidement. Leur entente est… comment dire… particulière. Ils perçoivent sûrement leur différence réciproque. C'est ce qui les rapproche. Ce qui est curieux est qu'il n'y a aucun… aucune tentative à caractère sexuel entre eux, alors que Yohan est indiscutablement obsédé par les femmes.

— En effet, je suis au courant.

Une altercation s'élevait entre l'adjudant et le descendant La Roche-Maillebois qui refusait de rendre le pistolet. Lerouzic se leva, imité par Legarrec.

— Tu me rends mon arme maintenant, s'il te plaît ?

— Je peux pas jouer avec encore un peu ?

— Non, c'est déjà défendu que je te le prête. Si mon supérieur voyait ça, j'aurais de gros ennuis. Tu ne veux pas me causer d'ennuis ?

— Oh, ben non alors, t'es trop sympa.

Il lui tendit le pistolet en murmurant :

— Tu me le redonneras quand je reviendrai te voir ?

— Évidemment. Ah, je voulais te dire aussi un secret.

L'officier le prit par le bras et l'entraîna un peu à part des deux autres.

— Tu sais que tu fais peur aux gens quand tu galopes la nuit sur ton cheval ?

— J'm'en fous.

— Oui, mais j'aimerais bien que tu ralentisses quand tu croises quelqu'un, et qu'éventuellement tu dises bonjour ou bonsoir. Si tu le fais, je t'emmènerai en balade dans la voiture de gendarmerie.

— Avec le gyrophare et la sirène ?

— Si tu veux.

— Ouais… Cool ! Tu sais, les gens qui ont peur…

— Oui ?

— C'est bien fait pour leur gueule !

*

Les rapports tendus se produisaient par saccades. Antoine Roulier, dit « Batman » pour ses collègues, au caractère cyclothymique, nécessitait une vigilance quant à la précision des ordres donnés, et la vérification de leur bonne compréhension.

Le capitaine Lerouzic se sentait parfois fatigué, voire irrité par la conduite de son sous-officier, tellement différent de son cher prédécesseur, Robert Lelièvre. Mais il n'était pourtant pas dénué de qualités. Dynamique, bien engagé dans son métier, les tâches à accomplir ne le rebutaient pas. Il était simplement un peu… trop… impétueux, c'était évident, et aussi… Comment dire sans être désagréable ? Sûr de lui. Voilà, c'est ça. Sportif, plutôt bel homme, la trentaine épanouie, il devait être sérieusement encadré, ce qui usait les nerfs de son capitaine lors des réunions pour la mise au point des missions. Comme aujourd'hui.

La surveillance aléatoire de nuit allait reprendre avec la remise à l'eau des bateaux, et la crainte des sabotages du « naufrageur », qui se produirait tôt ou tard. Batman avait hâte d'en découdre. On le soupçonnait de faire des rondes, à titre personnel en civil, pour bien appréhender les lieux. Bon, pourquoi pas ?

— On arrivera sur place à une heure du matin. On commencera à surveiller la plage aux rochers au-dessus du Ménéham. Ensuite, le port de la Digue. On longera la côte de Kerlouan, Hent roc'h ar Gong, la route des Dunes, la plage de Boutrouilles, et on finira à la plage de Karreck Hir. Tous ces lieux où l'on a trouvé des bateaux endommagés. Tandis que Pierre conduira le Kangoo…

Lerouzic développa son organisation pour l'opération qui durerait quatre heures.

— La marée a un coefficient de 105, important donc, et nous sommes en période de pleine lune qui, d'après nos observations sur les années passées, semble favoriser les actions du naufrageur. Exceptionnellement, vous partirez tout à l'heure à seize heures, de façon à vous reposer avant notre expédition nocturne. Des questions ?

Évidemment, Batman leva la main.

— Oui, Antoine ?

— On ne peut pas se mettre en civil ? Tout en noir de préférence…

— Je ne préfère pas. Tu peux te passer la figure au charbon si tu veux.

Devant la cascade de rires, l'adjudant n'insista pas.

— N'oubliez pas vos jumelles à vision nocturne. Rendez-vous à minuit dans la cour.

Alors que les gendarmes désignés pour l'opération quittaient les lieux, Antoine Roulier attendit d'être seul avec son officier.

— Si on doit intervenir dans l'eau, ce serait bien d'avoir des sandales en plastique. Tu permets que j'en apporte une paire… même si je ne m'en sers pas ?

Ce n'était pas une suggestion idiote.

— D'accord. Mais si tu dois courir dans l'eau, tu enlèveras ton pantalon !

À une heure précise, le petit groupe arrivait sur les lieux. Les hommes se dispersèrent, déposés tous les deux cents mètres par le véhicule dont le chauffeur restait au volant. Il se déplacerait lentement, tous feux éteints, reprendrait les hommes regroupés, et le manège recommencerait.

Comme prévu, un clair de lune éblouissant prédominait, entrecoupé sporadiquement par quelques nuages assez massifs. La mer grondait au loin, plus pour signifier sa présence que pour menacer, car le vent assoupi ne se manifesterait pas.

Les gendarmes scrutaient minutieusement tous les rochers, principalement ceux à proximité des embarcations, et elles étaient assez nombreuses. Beaucoup de locaux en possédaient. La promenade en mer pour pêcher, ou sentir les éléments, était inscrite dans l'ADN de ces gens qui, dès qu'un peu d'argent affluait sur leur compte en banque, s'achetaient un bateau. Contrairement à la moyenne nationale de sorties en mer, évaluée à huit jours d'utilisation annuelle, ici, aussitôt qu'on pouvait, on partait en virée, faisant ainsi grimper le pourcentage en flèche localement.

« Batman », excité au plus haut point, se sentait plus voler qu'en train de marcher. Il avait participé en Seine-et-Marne à quelques interpellations « musclées », selon le terme actuel, et cela lui convenait très bien. Le besoin d'adrénaline sans doute.

Un tambourinement sourd qui se rapprochait le fit se retourner d'un bloc vers les terres. Un cheval noir monstrueux surgit au bout de la plage avec un cavalier hurlant… de joie, lui semblait-il. Heureusement, il connaissait l'existence de ce phénomène qui ne présentait aucun danger. Mais c'était tout de même impressionnant. La pleine lune influençait aussi l'humeur de ce cavalier de l'Apocalypse, comme le nommaient des personnes qu'il effrayait.

Il se reconcentra sur la vision vers la mer. Puisqu'elle était encore loin, Antoine décida de se rapprocher des rochers pour profiter de leur ombre. Il avait accroché ses sandales en plastique à sa ceinture, dans son dos, pour ne pas être gêné. Il crut d'abord apercevoir une tête de phoque, comme quelques jours auparavant. S'appuyant contre un gros bloc, il zooma sur la boule noire… qui émergea lentement, supportée par un torse humain. Un choc nerveux transcenda sa posture.

— Nom de Dieu, le voilà !

Avec des gestes au ralenti dignes d'un trucage de cinéma, Antoine délaça ses rangers avant d'ôter son pantalon. Par précaution, il portait un short-maillot de bain. Dès qu'il eut enfilé ses sandales, il se rapprocha mètre par mètre de sa cible qui maintenant lui tournait le dos. La silhouette était de taille moyenne, enveloppée dans une combinaison étanche noire.

Alors qu'il n'était plus qu'à une vingtaine de mètres, elle plongea sous l'eau. Il se mit à courir le plus vite possible et… s'arrêta brutalement. Une lumière venait de s'allumer sous la surface de la mer ! S'enfonçant dans l'eau, il continua doucement son approche jusqu'à se trouver à un mètre de la lueur. Voilà, ce n'était pas plus difficile que ça. Il suffisait de bien observer, et ne pas hésiter à prendre le risque de se mouiller. En contrôlant son enthousiasme, il chuchota dans son talkie-walkie :

— Lieu jaune à autorité. La cible est devant moi. Interpellation immédiate. J'envoie un signal lumineux pour ma position.

Il décrocha sa torche, la dirigea vers la côte, et appuya trois fois dessus. Puis il sortit son Sig Sauer, fit monter une balle dans le canon, et attendit. Dix secondes plus tard, le plongeur émergeait de nouveau, toujours de dos. Antoine alluma sa torche, cette fois braquée sur la tête de l'individu. Il hurla :

— Gendarmerie nationale ! Les mains en l'air !

L'autre faillit tomber en se retournant brusquement. Aveuglé, il ferma à moitié les yeux en obtempérant.

— Sors de l'eau ! Remonte sur le sable ! Garde bien les mains en l'air ou je tire !

Une lame métallique scintillait dans le faisceau de la torche tenue par la main droite du naufrageur, car ce ne pouvait être que lui, Antoine en était sûr.

L'équipe de surveillance arrivait en courant, Lerouzic en tête. Lui aussi pointa sa torche sur le visage de l'interpellé.

— Gwendal ! Qu'est-ce que tu fais là ?

— Ben, je pêche, m'sieur.

L'officier baissa le faisceau de sa lampe. Un volumineux filet accroché à la ceinture contenait… des ormeaux.

— Tu te fous de nous ! cria Antoine.

— Baisse ton arme, ordonna Lerouzic. Je le connais. C'est le fils Le Floch.

— Mais, c'est…

— Obéis, s'il te plaît !

Ce que l'adjudant fit à contrecœur.

— Tu pêches de nuit alors que c'est formellement interdit !

— Pour les poissons surtout. Moi, c'est différent.

— Alors pourquoi de nuit ?

— Je connais les bons coins. J'ai pas envie qu'on me les pille.

— Ouais. Et d'après toi, on a le droit d'en ramasser combien des ormeaux ?

Le jeune homme baissa la tête.

— Une vingtaine, m'sieur.

Le filet, à première vue, en contenait beaucoup plus.

— Donc, deux contraventions : pêche de nuit et quota dépassé.

— Allez, on l'embarque ! lança Batman.

— Sûrement pas !

— Mais, mon capitaine…

— Je comprends que tu sois déçu, mais une simple contravention suffira.

Des murmures d'approbation s'élevèrent du groupe.

— Ah bon ! Ça marche comme ça, ici ?

— Tu veux le mettre en garde à vue, peut-être ?

— Non, mais…

— L'incident est clos. Gwendal, tu remets tes ormeaux à la mer. Tout de suite.

— Là, où…

— C'est ça!

Tandis qu'il s'exécutait, des plaisanteries, pas forcément de bon goût, s'échangèrent.

AOÛT 2016

Hier, j'ai vu à la télévision une nappe de mazout flottant sur la mer, quelque part en Asie. Des enfants, dont le cœur éprouve encore des sentiments humains, essayaient de nettoyer des oiseaux maculés de cette saloperie. C'était pitoyable! Les pauvres gosses, des Philippins, je crois, ne possédaient rien en dehors de leurs tee-shirts troués et leurs shorts souillés. Mais ils se sentaient responsables, et tentaient de sauver plus misérables qu'eux par la force de leur amour, de leur respect inné pour la nature. Je suis comme eux, mais moi j'agis contre ces assassins. J'enrage tout le temps. Personne ne le sait ni ne doit le savoir. Il en est ainsi depuis très longtemps. Soyez rassurés, mes habitants de la mer, je ne vous abandonnerai pas. J'arrive à leur faire peur à tous ces salauds qui vous veulent du mal.

Cette nuit, je vais casser leurs moteurs, pour qu'ils ne puissent pas partir vous tuer. C'est mon devoir de vous sauver.

Je suis contre le « Donjon », ce grand bloc un peu penché qui domine tous les autres. Dans son ombre, bien sûr. Ça ne va pas être facile d'atteindre les bateaux, car il n'y a pas beaucoup de nuages pour cacher la grosse lune. Tant pis, je vais attendre. Si je n'y parviens pas, je reviendrai demain.

Tiens! La voiture des gendarmes qui arrive. Ils se figurent qu'en éteignant les phares, on ne les verra pas! Le toit de la carrosserie est un vrai miroir qui envoie une tache de lune repérable de très loin. Bon! C'est foutu pour cette nuit. Comme ils ne viennent qu'une fois par semaine, demain je serai tranquille.

Salut, les p'tits pandores!

*

Il y avait beaucoup de monde chez Ty Porzh ce dimanche matin. Beaucoup de vacanciers attirés par la beauté des lumières de Bretagne en cette fin d'été. Les impressionnistes étaient les premiers à découvrir ces couleurs et cette atmosphère qu'ils avaient su définir, chacun à leur manière, captivant à leur tour ceux qui contemplaient leurs œuvres. Mais ce matin-là, les articles de presse relatant les derniers exploits du « naufrageur » alimentaient les conversations des visiteurs de passage. Et les « locaux » qui, eux, faisaient semblant de ne rien entendre commençaient à s'énerver. Jusqu'au moment où une femme très excitée demanda à Yves Salaün :

— Enfin, vous qui êtes d'ici, vous devez bien savoir qui c'est, non ?

— Vous savez, madame, sur la côte des Naufrageurs on a l'habitude de faire ce genre de choses. Hein, Pascal ?

Pascal Le Floch dirigeait une petite entreprise de transport.

— Bien sûr ! Cette nuit, j'ai mis des lanternes sur la dune, et j'ai attendu avec mon harpon.

La dame écarquilla ses yeux, la bouche ouverte.

— Mais… pourquoi ?

— Hé, si un bateau voyait mes feux, il se serait dirigé vers eux ! Et crac ! Sur les rochers !

— Non, pas possible ! dit un petit monsieur en short avec des chaussettes dans ses sandales.

— Mais si, et avec mon harpon, j'aurais récupéré tout ce qui flottait. Faut bien vivre. Hein, Paul ?

— Pour sûr. Moi, la semaine dernière, j'ai attaché mon gamin sur le dos d'une vache. Y tenait une lanterne dans chaque main. Et la vache, elle marchait le long de la côte. De loin, ça ressemblait à une barque de pêche. Ça attirait les autres, forcément.

— Et alors ? questionna un sexagénaire à l'accent d'une banlieue parisienne.

— Alors, dès qu'un bateau s'est fracassé, j'ai tout ramassé sur la mer.

— Et les passagers ?

— Un bon coup sur la gueule, c'était réglé.

— Quoi ? reprit la dame excitée. Mais ce sont des assassinats !

— Ben, on a toujours vécu comme ça sur la côte des Naufrageurs.

Pierre Nédelec crut bon d'intervenir :

— Et puis, vous vous habillez avec les vêtements des naufragés massacrés. Il n'y a pas de gâchis.

— Vous vous fichez de nous, hasarda une grosse dame avec un chapeau de paille à fleurs.

— Pas du tout. Mais on ne prend pas les sous-vêtements, dit Yves Salaün.

— Ben non, on n'est pas des sauvages, dit Le Floch.

— T'es au courant, Pierre, qu'une naufragée en petite culotte a réussi à s'enfuir jusque chez les gendarmes ?

— Ah non, qu'est-ce qu'il s'est passé ?

— Ils lui ont collé un procès-verbal pour exhibitionnisme.

— Bienvenue au pays Pagan ! conclut Nédelec.

*

Deux ans ! Il avait mis deux ans pour élaborer et achever son épais manuscrit. Non, « tapuscrit » selon le terme à la mode. Camille avait perfectionné sa technique de frappe sur l'ordinateur. Son livre-souvenir, sorte de mémoire familiale, nécessitait beaucoup de documentations. Il incluait énormément de références historiques, relatives à la Marine nationale. Il passait des heures à compulser des archives, oubliant le temps, oubliant son quotidien qu'il estimait sans intérêt, en dehors de ses promenades dans le parc et de la rédaction de son ouvrage. Pauvre répétition des jours, sans éclat, lassante, anéantissante. Avec son lot de tracasseries domestiques. Heureusement que Legarrec était là, garant de l'ordre de marche du manoir, capable de prendre les bonnes décisions sans l'importuner, et incarnant une sécurité absolue pour Yohan qui entretenait une curieuse relation avec lui. À la fois respectant son autorité, et le traitant comme un camarade de jeu. C'était un mystère. Tant mieux. Un gros souci de moins. D'ailleurs, en dehors de son ennui récurrent, Camille n'avait plus de vrais soucis depuis que Thierry Gondrand avait en charge la gestion de ses biens.

L'expert-comptable lui versait ponctuellement des intérêts conséquents, suffisant largement à ses dépenses. Tous les deux mois, il venait présenter une situation financière d'une grande clarté, sans comparaison possible avec celle de son ancien notaire, en fouillis, compliquée, et inférieure en termes de rendement. En vingt minutes, on avait fait le tour de la question. Parfait.

Le dimanche, il allait aux messes servies par Jakez, seules sorties en dehors du manoir, et ensuite déjeuner ou dîner avec le prêtre et Yohan. La fidèle Annick préparait un succulent repas, avant de prendre son congé hebdomadaire jusqu'au mardi.

La retraite de l'amiral, calquée sur son métier, se rythmait de semaine en semaine, sans déroger aux habitudes bien établies. Cela lui convenait.

La comtesse de La Roche-Maillebois, sa mère, décédée l'année précédente, ne lui manquait pas. Telle qu'il l'avait prévue, sa solitude s'imposait. La réunion de Noël avec ses sœurs, ses beaux-frères et leurs ribambelles de mioches lui pesait. Le projet de sa propre descendance ratée, les nombreux enfants qu'il aurait dû avoir avec Marie-France venaient à ce moment-là creuser son trou de douleur dans la poitrine. Une douleur vacharde car causée par son orgueil, non par la nostalgie. Enfin, il tenait sa parole envers Yohan. L'enfant-adulte ne manquait de rien, s'activant dans son univers constitué principalement de son cheval, de sa relation avec Isabelle, Annick sa nounou de toujours, Legarrec, et lui-même, le père respecté, voire craint, mais dont les rapports avec son fils s'étaient… équilibrés, sans toutefois qu'une affection puisse apparaître. Au moins, il n'y avait plus de heurts ; ne subsistaient que quelques irritations vite maîtrisées. Jakez, bien qu'il ait peu d'empathie pour Camille, s'était obstiné pour obtenir ce résultat. La mémoire de Marie-France le hantait, et honorer sa promesse de veiller sur Yohan était un devoir. Ce pauvre garçon, malgré les tourments qu'il lui infligeait, était devenu son enfant. Dieu en avait voulu ainsi.

Le déjeuner familial s'achevait. Annick s'était surpassée avec une recette de « Lapin maître de Forges » qu'elle avait retrouvée dans un vieux livre de cuisine. Le curé avait apporté un fraisier, gâteau dont Yohan était particulièrement friand.

— Je peux sortir de table, papa ?

— Bien sûr. Va te promener, il fait un temps magnifique.

— Merci, papa. Salut, Jakez.

Avant de les quitter, il fit une petite pause et récita :

— « *Il sort de table ; et la cohorte n'en perd pas un coup de dent. Ces deux hommes étaient les gémeaux de l'éloge. Tous deux lui rendent grâce ; et pour prix de ses vers, ils l'avertissent qu'il déloge.* »

« Les gémeaux de l'éloge » l'applaudirent en souriant, alors qu'il saluait maladroitement.

— Viens dans mon bureau, on va prendre un petit digestif.

— Oui, mais une goutte, juste pour le goût.

— Évidemment. Tu sais, j'ai fini d'écrire mon ouvrage avant-hier.

— Depuis le temps que tu travailles dessus !

— Cela fait deux ans !

— Incroyable.

Ils s'installèrent dans de profonds fauteuils Louis XV, tapissés de tissu de Damas, leur verre à la main. Le nectar millésimé exhalait une puissante odeur, enivrante à elle seule.

— Dis-moi, Camille, as-tu déjà reçu des… des lettres anonymes injurieuses, et pleines de fautes d'orthographe ?

— Oui, plusieurs. Mais je les jette à la poubelle immédiatement. Je ne supporte pas ce genre de bêtise. Cela fait des années que cela se reproduit. Pourquoi ? Tu en as reçu une ?

— Oui. C'est… c'est douloureux.

— Je comprends. C'est forcément quelqu'un du village, et c'est navrant. Mais tu connais les hommes. C'est un pauvre cinglé qui exprime son mal-être. Ne te tourmente pas pour ça.

Le prêtre était surpris de découvrir un raisonnement humaniste chez ce hobereau qu'il estimait sans cœur. Se bonifiait-il en vieillissant ?

— Tu n'as jamais porté plainte ?

— Non. Cela ne sert à rien, et ça m'est égal. Et toi, tu vas le faire ?

— J'hésite.

— Fais comme tu veux, mais tu perdras ton temps. Les idioties, comparées aux exactions violentes d'irresponsables, ne dépassent pas notre petite bourgade et ne détériorent rien en dehors de notre susceptibilité.

— Ce n'est pas une raison pour les tolérer.

— Je ne les tolère pas, je les méprise.

Comme tu méprises beaucoup de gens, compléta le prêtre dans sa pensée.

Camille le regardait attentivement.

— Tu estimes que ce n'est pas un sentiment très chrétien ?

— Euh… je…

— Et tu as raison. Je ne me fais plus beaucoup d'illusions sur mon compte. Tu es mon confesseur, donc tu me connais bien, et cela depuis plusieurs décennies.

— Je m'efforce de ne pas mélanger le quotidien avec la pratique de mon sacerdoce.

— Oui, mais tu ne peux pas oublier totalement ce que tu as recueilli dans ton confessionnal. Non, non, ce n'est pas un reproche, c'est normal. Je sais… je sais que tu… ne m'apprécies pas vraiment, et j'en connais la cause. Inutile de protester, c'est une réaction logique avec le recul du temps écoulé. Le destin de l'homme est tracé par son caractère. Ce n'est pas moi qui le dis, mais Goethe. Dieu m'a puni à l'avance de mon manque de… de véritable amour pour Marie-France… Je mesure à quel point je l'ai détruite. Ne te réjouis pas trop vite, je n'ai pas vraiment de remords. Je regrette simplement de l'avoir épousée… Je n'étais pas fait pour vivre en couple, malgré ce désir de fonder une famille nombreuse, désir issu de mes convictions chrétiennes. Mes réflexions solitaires de ces derniers temps m'ont amené à cette conclusion. Je profite de ce moment tranquille pour te l'exprimer.

Jakez était stupéfait de la lucidité soudaine de l'amiral qu'il ne considérait plus comme un ami proche, effectivement. C'était honnête et courageux de lui faire ses aveux… aveux ou confidences. Cela ouvrait la perspective de restaurer éventuellement une affection post-mortem, et d'adoucir ce que Camille définissait comme « pas vraiment de remords ». Il y avait, quelque part dans ses sentiments, une zone douloureuse qu'il s'efforçait d'ignorer, toujours à cause de ce foutu orgueil.

— Je te remercie de ta franchise. Ce que tu as dit à mon sujet est vrai. J'ai une inimitié à ton égard quant à ta conduite avec ta femme. Là ce n'est pas le prêtre qui parle, mais l'homme. Marie-France nous réunit quand même, ne serait-ce que par la vie de Yohan qu'elle nous a demandé de protéger. Et puis… Rien n'est encore fini. Tu évolues, et je suis certain que tu arriveras un jour à ouvrir ton cœur.

Camille eut un petit rire désabusé.

— Tu es un être bon. Moi, pas. C'est de famille.

NOVEMBRE 2016

Le début de l'hiver en pays Pagan ne s'annonçait pas trop rude. En tout cas, Camille de La Roche-Maillebois en était convaincu. Peut-être le contrat des Éditions Grasset qu'il venait de recevoir, concernant son roman historique familial, le portait à considérer toute chose avec euphorie. Même sa grippe qui commençait. Terminant sa promenade quotidienne, et se sentant anormalement fatigué, il se décida à téléphoner à son médecin. Ce n'était pas le moment d'être alité. Il fallait organiser la promotion du livre, et l'appui de toutes ses relations ne serait pas superflu.

Annick avait allumé un grand feu dans la cheminée de son bureau, plaisir destiné davantage à ses yeux qu'à réchauffer son corps. La grosse pompe à chaleur géothermique entretenait une agréable température dans tout le manoir, excepté la partie réservée à ses parents décédés, à moitié chauffée. Il relut encore une fois le contrat de l'éditeur, déjà signé, surtout la lettre de compliments qui l'accompagnait. Il se sentait extrêmement flatté qu'une fameuse maison comme Grasset, ayant édité de prestigieux auteurs, Teilhard de Chardin entre autres, accepte son ouvrage en le félicitant. Après les six ou sept refus, pas toujours courtois, cela lui faisait un bien considérable, et lui laissait entrevoir une activité permanente d'écrivain. Pourquoi pas.

Quelques collègues s'étaient engagés dans cette voie, avec succès.

Le docteur Menez arriva à quatorze heures trente précises. En principe, il n'effectuait ses visites à domicile que le matin. Mais ce jour-là étant particulièrement calme, il accepta de déroger à ses habitudes. Et puis, il n'allait pas chez n'importe qui. Les Maillebois faisaient partie de sa clientèle depuis son installation. Il s'était dévoué en soignant Marie-France ainsi que Yohan, gagnant la confiance de celui-ci avec habileté.

— Que vous arrive-t-il, monsieur ?

Il posa sa sacoche en cuir sur un fauteuil, véritable pièce de musée héritée de son père, médecin également réputé dans toute la région, ce qui avait assuré la clientèle du fils dès sa prise de fonction en lui succédant.

— Je tousse lamentablement, ce qui m'épuise, et je sens mes bronches encombrées.

— Oui, j'ai pas mal de cas comme vous en ce moment. Enlevez votre chandail, s'il vous plaît.

— Ma chemise aussi ?

— Non, non, ça ira.

Le médecin régla rapidement le ballet du stéthoscope, tensiomètre, auscultation, visite de la gorge et des oreilles.

— Bon, bonne bronchite bien classique. Je trouve votre tension un peu basse. Je n'ai pas vérifié la date de votre dernier bilan. Vous vous en souvenez ?

— Euh… non. Cinq ou six ans peut-être.

— On va mettre tout ça à jour. Je peux m'installer sur le coin de votre bureau ?

— Je vous en prie, docteur.

Il rédigea rapidement deux ordonnances, une pour les médicaments, l'autre pour le laboratoire d'analyses.

— Voilà. Vous appelez le cabinet d'infirmières pour votre prise de sang le plus vite possible. On aura le résultat en vingt-quatre heures. Vous pouvez envoyer quelqu'un à la pharmacie ? J'aimerais mieux que vous ne sortiez pas.

— Oui, je vais faire le nécessaire.

Le praticien parti, Camille demanda à Legarrec d'aller chercher les remèdes. Puis il prit rendez-vous pour le lendemain matin avec une infirmière.

En attendant le retour de son commissionnaire, il s'allongea sur sa méridienne, éprouvant pour la première fois de sa vie le besoin de faire la sieste. Il s'endormit aussitôt.

Le jour suivant, la toux s'était calmée, mais le poids de la fatigue ne s'était pas allégé. Il se traîna jusqu'au soir, notant péniblement le nom de tous ceux qu'il fallait contacter, susceptibles de lui ouvrir la porte des médias. Ce genre de démarche était contraire à son tempérament, mais, comme il s'engageait dans un domaine prestigieux, il lui parut normal de produire un effort, mettant de côté son amour-propre.

Le jour suivant, la bronchite allait nettement mieux. Deux retours positifs pour des articles dans la presse remontaient son moral au beau fixe.

Il fut surpris de recevoir après le déjeuner un appel du docteur Menez.

— Que se passe-t-il, docteur ?

— J'ai reçu vos résultats d'analyses. Je voudrais vérifier l'état de votre prostate. Le dosage du PSA n'est pas dans les chiffres normaux, ce qui n'est pas forcément grave, mais il faudrait faire une biopsie.

— D'accord. Mais on n'est pas pressé…

— Le plus tôt serait le mieux, monsieur. Je peux organiser le rendez-vous avec la clinique Pasteur à Brest, si vous le désirez.

— Euh… si vous voulez.

— Le test de Glason sera fait sous anesthésie, ne vous inquiétez pas.

— Je ne suis pas inquiet. La douleur ne fait pas partie de mes appréhensions.

— Bien. Je vous avertirai dès que l'opération sera programmée. Cela ne durera que quelques minutes.

Sa belle humeur s'envola, remplacée par la contrariété de ce fâcheux contretemps.

Effectivement, la biopsie ne fut pas longue à réaliser. Le médecin qui officiait lui expliqua qu'on prélevait une douzaine de minuscules parties de la prostate pour contrôler son état.

Jean-Marie Legarrec le reconduisit au manoir, profitant de l'occasion pour lui exposer les divers travaux d'aménagement du parc qu'il envisageait.

À peine rentré, Camille reprit ses investigations afin de préparer la sortie de son livre dans les meilleures conditions possibles. Certains de ses interlocuteurs se défaussaient en lui indiquant de soi-disant relations, qui se débarrassaient rapidement du quémandeur, rodés à l'exercice. Les résultats au bout de deux jours étaient néanmoins suffisants pour annoncer la parution du livre. L'éditeur ne s'attendait pas à une aide aussi efficace de la part de son auteur. Il venait de raccrocher après avoir négocié une participation au journal d'information de RTL quand la sonnerie du téléphone retentit, alors qu'il avait encore la main sur le combiné.

— Docteur Menez. Monsieur Maillebois, puis-je venir vous voir ?

Il avait complètement oublié cette histoire de prostate.

— Oui, bien sûr.

Une demi-heure plus tard, le médecin pénétrait dans son bureau. À son air faussement dégagé, Camille comprit qu'il apportait une mauvaise nouvelle. Il prit les devants.

— Allez-y carrément, mon cher docteur. Inutile de tourner autour du pot.

— C'est courageux de votre part. Le test de Glason est positif à cent pour cent. Votre prostate est métastasée. Pour savoir si le cancer a débordé, il faut que vous passiez un Pet Scan, une technique d'imagerie dite de médecine nucléaire. L'hôpital Morvan, que vous devez connaître, en est équipé. Je me suis renseigné auprès d'un de mes confrères qui est au poste dans cet hôpital. On peut vous recevoir la semaine prochaine.

L'amiral ne répondit pas. En une poignée de jours, son destin dégringolait de la canopée, pour s'écraser au niveau des racines de l'arbre de l'espoir. Et en quelques secondes, il sut qu'il ne remonterait pas.

— Monsieur ?

— Oui… Vous pouvez me décrire la suite ?

— Non. Tout dépend de ce que révélera le Pet Scan.

Une semaine plus tard, le résultat s'affichait : cancer généralisé. Inutile d'opérer.

L'oncologue qui prit Camille en charge lui prescrivit une immunothérapie. Comme celui-ci exigeait toujours la vérité, il lui expliqua que l'évolution logique aboutirait à un cancer des os, douloureux. Quant à ses chances de survie, le spécialiste lui prédit moins d'un an, à son stade de contamination.

Rentré au manoir, il eut du mal à réaliser sa situation. La bronchite était terminée, il se sentait parfaitement bien dans son fauteuil face au beau feu dans la cheminée. La fatigue, oui, elle était toujours là, anormale par le fait qu'il ne l'avait jamais ressentie. Donc la fin de sa vie était en vue. Soit la dernière mission en somme, car hors de question de ne pas défier la souffrance, la déchéance de ses facultés physiques et morales. Un La Roche-Maillebois ne se laisse pas mourir sans combattre. Il fallait mettre en ordre bon nombre de détails, y compris sa conscience.

Après le déjeuner, il sortit faire une promenade dans le parc. Le décor qui avait assisté à ses premiers pas le rassurait. Il pensa que la nature, même organisée par les hommes, possédait cette faculté merveilleuse de traverser les siècles, contrairement à eux. Avec une acuité renforcée par sa disparition prochaine, il notait encore la configuration des lieux qu'il connaissait par cœur, pour les emporter. Car il croyait à la renaissance promise par Dieu avec toutefois, en ce qui le concernait, un passage par le purgatoire. Il n'avait jamais envisagé l'enfer.

Il convoqua Legarrec pour la fin de l'après-midi. Son quartier-maître l'avait accompagné partout, s'efforçant avec application d'être à la fois discret et rassurant. Il devait bien se douter de quelque chose, mais il était temps de l'avertir des décisions prises et de la gravité de la maladie.

— Vous avez l'air d'aller mieux aujourd'hui, monsieur.

— Ce n'est qu'une apparence. Asseyez-vous, Jean-Marie.

Il s'installa dans le fauteuil placé en vis-à-vis de l'autre côté de la cheminée.

Camille le contempla un instant, attentif, disponible, comme il l'avait toujours été. Le hasard, ou plutôt la Marine nationale, avait bien fait les choses, au-delà de toute espérance.

— Mon cher Jean-Marie, il ne me reste plus que quelques mois à vivre.

— Ce n'est pas possible, monsieur !

— Si, hélas. L'oncologue est formel. Dans ces conditions, j'ai pris des dispositions. Yohan est mon unique héritier. Mais, comme vous le savez, il est incapable de gérer quoi que ce soit. J'ai décidé de vous désigner comme son tuteur légal, si vous acceptez, bien sûr. Mes sœurs ne se sont jamais intéressées ni à lui ni à moi, et j'aimerais que ce domaine familial reste le plus longtemps possible au nom de La Roche-Maillebois. Et puis… j'ai promis à ma défunte épouse de veiller sur notre fils. Compte tenu des événements, il n'y a plus que vous pour le faire sur le plan matériel, et Jakez sur le plan spirituel.

Legarrec resta pétrifié. Ce bonhomme, qu'il plumait honteusement avec la complicité de Thierry, lui témoignait une confiance totale. Un remords passager s'empressa de se volatiliser, pour laisser la place à un formidable enthousiasme : il deviendrait bientôt le maître absolu du manoir. Il sortit de son silence que Camille avait mis sur le compte de l'émotion.

— Bien sûr, monsieur, j'accepte de veiller sur Yohan, nous nous entendons très bien. Mais… vous êtes… certain du diagnostic pour votre… maladie ?

— Oui. Alors j'ai prévu un rendez-vous chez mon notaire…

Et la machine à engendrer des paperasses innombrables se mit en marche.

*

L'expert-comptable referma son luxueux porte-document, puis il attendit des conclusions à leur échange, qui ne venaient pas. Respectueusement, il garda le silence. Le comte de La Roche-Maillebois, les yeux posés sur un espace inconnu, immobile, devait faire de mémoire l'inspection de tout ce qui avait été dit au cours des deux heures d'entretien. Il soupira, et enfin son regard revint sur son vis-à-vis.

— Je crois que nous n'avons rien oublié.

— Si c'était le cas, vous pouvez me joindre à votre convenance. Je suis à votre entière disposition.

— Je sais. Merci, monsieur Gondrand. Le ciel, ou plutôt Jean-Marie, vous a mis sur ma route, ce dont je me félicite aujourd'hui, encore plus que d'habitude.

— Il est profondément regrettable d'avoir été obligé d'aborder toutes ces questions. Je suis désolé de…

— Ne le soyez pas, coupa Camille. Il faut rester humble, et accepter les épreuves que… Dieu nous impose. En tout cas, c'est ma conviction.

En parcourant la centaine de mètres qui séparait le manoir des communs, Thierry abandonna son air grave. Lorsqu'il ouvrit la porte de ses amis, il resta planté sur le seuil, attendant les :

— Alors ?

— Ta la la !

Et il imita une sonnerie de trompette.

— Bon, d'accord. Et après ?

— À boire d'abord !

— Quel saligaud !

En riant, Linda partit chercher rapidement ce qui devait arroser un événement forcément extraordinaire. Une fois satisfait, son verre en main, Gondrand leur expliqua les points primordiaux obtenus.

— L'avantage des hobereaux en province, c'est qu'ils se connaissent tous. Maillebois m'a fait comprendre que le juge de tutelle désigné était une bonne relation de la famille. Il doit le voir mercredi. Donc ta désignation comme tuteur ne devrait pas poser de problème. C'est alors que je lui ai soumis l'idée d'un subrogé-tuteur censé te surveiller.

Les Legarrec eurent un hoquet de surprise.

— Mais pourquoi ?

— Parce que tu es une fripouille capable de déraper !

— Hein ?

Thierry éclata de rire devant leurs mines déconfites.

— Mon idée de te contrôler est un gage de sérieux. Elle sera très bien accueillie, crois-moi.

— Peut-être… mais par qui je serai contrôlé ?

— Voilà mon idée de génie : par le curé Le Moën ! Autorité spirituelle ô combien respectable. Honnêteté avérée… et…

— Et ?

— Et plus nul en affaires, c'est introuvable !

Cette fois, le rire fut partagé bruyamment.

— Donc, je serai indispensable pour les comptes, les placements, les versements que tu lui soumettras.

Le juge jettera bien un coup d'œil de temps en temps, mais je me fais fort pour que tu lui présentes des dossiers impeccables.

La suite de la soirée fut, selon l'usage, une débauche totale.

Avec le prêtre Le Moën, la transmission de la responsabilité spirituelle fut plus conviviale.

Les rapports des deux hommes n'étaient pas les mêmes qu'avec le quartier-maître. Camille l'invita à dîner. Il n'avait pas encore dévoilé son sort à sa servante Annick. Aussi les servait-elle comme à l'habitude avec sa bonne humeur, décrivant sommairement les plats qu'elle préparait avec soin. Jakez connaissait les problèmes de santé récents de son hôte, problèmes qu'on lui présentait comme passagers. Sa surprise fut totale lorsqu'il en apprit la réalité. Malgré la distance qui s'était installée entre eux, l'émotion à l'égard de son ami fut sincère. Quelle tristesse de voir ce beau couple qu'il avait uni se déliter, d'abord dans leurs sentiments, et puis dans leur chair !

— Peut-être penseras-tu que je reçois une punition justement méritée…

— Loin de moi cette pen…

— … et tu n'auras pas forcément tort, mais maintenant je dois établir l'avenir de Yohan, comme toi et moi l'avons promis à Marie-France. Jean-Marie Legarrec sera son tuteur, avec obligation de le maintenir dans le manoir, dont il assurera la gestion. Cela, c'est pour le côté pratique. Je te demande de continuer de le protéger affectivement, de l'aimer malgré vos petits heurts… Si, si, je les connais, et, si possible avec le temps, de lui apporter un peu de spiritualité religieuse. Il en manque totalement.

— Il n'est pas question de…

— Attends, je n'ai pas fini… Une clause dans la tutelle est prévue par laquelle, en cas de décès ou de force majeure, Legarrec ne pourrait plus assurer son rôle, tu lui succéderais. En ce cas, Thierry Gondrand t'aiderait pour le côté gestion, auquel tu ne connais pas grand-chose. Enfin dernier point, je vais te faire un don substantiel pour parer à toute éventualité, dans ton intérêt et celui de Yohan.

L'amiral se tut, cherchant dans sa mémoire des points de détail qu'il avait prévus pour les livrer à son interlocuteur. Celui-ci était statufié tel Legarrec précédemment, mais pas pour les mêmes raisons. Ainsi, chez cet homme dur, orgueilleux, intransigeant, il existait cependant des zones de sensibilité, chargées de générosité, de fidélité à la parole donnée, et du sens de la responsabilité qui n'était pas que militaire… Le prêtre, comme le psychiatre ou le policier, n'ignorait pas les méandres de la personnalité humaine. Il y avait toujours des surprises, mais celles-ci étaient plutôt agréables. Fallait-il la perspective de la mort pour qu'elles surviennent? Quand la possibilité en était accordée d'abord, c'était impératif.

— Tu peux compter sur moi pour tout ce que tu désires dans ta vie terrestre. Pour ta conscience chrétienne, je suis à ta disposition en tant que prêtre, comme je l'ai toujours fait.

*

— Il a été un officier exemplaire, dit Legarrec, du moins pendant que j'ai servi sous ses ordres.

Depuis qu'il m'a embauché ici, il s'est montré généreux à notre égard. De plus, je n'ai jamais essuyé le moindre reproche. Alors, oui, ça me fait de la peine qu'il disparaisse bientôt. On profite de lui, c'est certain, mais ce qu'on lui a prélevé n'est pas grand-chose par rapport à sa fortune. On ne l'a pas mis en danger. Et puis on ne lui a pas piqué son capital, ce sont juste des bénéfices qu'on a encaissés.

Linda, Thierry et Jean-Marie dégustaient leur champagne en méditant sur les bouleversements induits par le proche départ du propriétaire vers le néant car, pour eux trois, il ne pouvait s'agir de rien d'autre. Thierry comprit qu'il ne devait pas heurter Jean-Marie par un trop grand cynisme.

— Tu vas devenir le seul décisionnaire pour toutes les affaires relatives au manoir et à sa gestion. Mais, il y a un « mais », le juge des tutelles, même si c'est une relation de l'amiral, va avoir le contrôle sur tout ce que tu décideras. Pas de soucis avec le « subrogé-tuteur » ; tu devras, nous devrons, évidemment faire très attention.

Linda, elle, ne cachait pas sa joie, s'imaginant régner en maîtresse absolue sur le domaine, grâce à ses deux hommes aux extraordinaires capacités. Elle ne se priverait pas d'éclabousser de son luxe tous ces ploucs qui la méprisaient. Ou la courtisaient hypocritement.

*

Landerneau n'est pas le seul endroit où les rumeurs se propagent vite. En une semaine, tout le pays Pagan savait que le comte de La Roche-Maillebois était gravement malade. Au moment où son livre allait sortir. Car la presse l'avait annoncé. Quelques articles locaux et nationaux relataient l'événement, en mettant l'accent sur cette famille qui donnait à la France, depuis deux siècles, de grands marins, et des armateurs fortunés. « *Un ouvrage historique majeur sera publié bientôt chez Grasset* », écrivait un chroniqueur dans *Le Monde des livres*.

Chez Ty Porzh, les commentaires supputaient sa fin prochaine avec plus ou moins d'aménité.

— Bof! On ne le voit qu'à la messe... Ce sera pas une grosse perte.

— Paraît qu'y s'est conduit comme un malpropre avec sa femme avant sa mort.

— Ben, c'est le Legarrec qui va être content!

— Tu parles, il va hériter du taré!

— C'est un excellent marin. Vous devriez avoir honte de parler comme ça de Maillebois.

— Vous êtes jaloux parce qu'il est riche! Quand il n'y aura plus de riches, il n'y aura plus que des pauvres! C'est ça que vous voulez?

— Tu crois que la Linda elle se l'est fait?

— P'ête que la famille va les mettre dehors?

— Heureusement, y'a le curé pour s'occuper du fils.

Les discussions partaient dans tous les sens, caractéristique récurrente des conversations dans ce lieu comme dans d'autres cafés, dont la pratique alimentait la caisse des Nédelec, ce qui représentait la seule synthèse positive.

Un vieil Anglais, installé depuis l'été dans une maison non loin de la côte, restaurée entièrement par ses soins, intervint en élevant la voix:

— Je vu hier énorme cheval noir, *one* cavalier sur lui qui criait *unbelievable*! Je cru « Chevalier de Metzengerstein »[11], mon favorite auteur Edgar Allen Poe ! *Fantastic* ! Vous savez qui ?

Un éclat de rire général ponctua sa question. Il eut droit à une kyrielle de réponses, toutes plus farfelues les unes que les autres.

— Faut pas croire tout ce qu'on vous raconte, monsieur Carlson, lui dit Nédelec.

— OK ! C'est quoi : Ankou[12] ?

— C'est un boulanger qui avec sa charrette distribue des pains empoisonnés, mais uniquement aux Anglais, dit Le Hénaff, qui ne les aimait pas.

— Oh, je fais attention maintenant. Que c'est aussi « naufrageur » ?

— C'est le même qui fait des trous dans les bateaux la nuit, dit Yves Salaün.

— *My god* ! Pourquoi ?

— Pour qu'on puisse boire la tasse… de thé ! lança Loïc Pouliquen, suscitant un nouvel éclat de rire.

*

La semaine suivante, le subrogé-tuteur, nommé sans hésiter par le juge, était venu au manoir sur l'injonction de Camille, pour annoncer à Yohan la fin prochaine de son père. C'était déconcertant. L'amiral se sentait incapable de le faire seul, estimant ne pas trouver les bons mots, en fait désarmé face à un être si différent de lui, qu'il n'avait pas aimé, et dont il n'avait pas fait l'effort de comprendre la personnalité, même superficiellement. Un étranger en somme. Il n'y avait que Jakez pour servir de…

---

11. Metzengerstein *: premier conte fantastique d'Edgar Allen Poe.*

12. Le serviteur de la mort. Mythologie bretonne.

de quoi ? Ambassadeur sentimental ? Conciliateur ? Interprète ? Tout cela à la fois sans doute. Et puis, aussi, il fallait le mettre au courant de sa future responsabilité.

Connaissant la maniaquerie de son ami concernant l'exactitude, Le Moën attendit une minute sur le perron pour sonner à l'heure exacte du rendez-vous, fixé à dix-huit heures trente.

En pénétrant dans le bureau du maître des lieux, il tenait à la main la lettre officielle le désignant comme surveillant souverain de la tutelle de Yohan et des biens de la succession.

— Tu aurais pu m'avertir ?

— Cela s'est décidé mercredi dernier, sur la suggestion de mon gestionnaire. Je trouve l'idée excellente. Je sais que tu n'apprécies pas Legarrec. Ce sera l'occasion d'exercer ton contrôle sur la bonne marche du domaine, et surtout, je pense, de constater que Yohan est… continue de vivre dans de parfaites conditions.

Jakez le regardait dans les yeux, décelait la sincérité des propos. Pour sa part, s'assurer de la vie équilibrée du rejeton était dans ses possibilités, mais la supervision des comptes et de la gestion de la fortune Maillebois lui échappait totalement. Il pourrait se faire gruger très facilement. Camille perçut la pensée du prêtre.

— Si tu l'estimes nécessaire, tu pourras toujours demander au juge des tutelles un audit sur les transactions effectuées, les comptes établis, à titre de simple vérification. Ce sera dans tes attributions.

Le Moën eut un soupir de soulagement. Les affaires d'argent ne le concernaient pas, ou très peu.

— C'est bien. En effet, c'est une sécurité pour moi qui ne connais rien au monde de la finance.

— Je te rassure, moi non plus. J'ai la chance d'être entre de bonnes mains pour cela.

Il se tut, ne sachant trop comment formuler sa pensée. Jakez s'en chargea.

— Tu ne sais pas parler à Yohan, n'est-ce pas ? Et tu m'as fait venir pour ça…

— Oui… Je ne vais pas te raconter d'histoire…

— Si je te disais que tu vas commencer, même maladroitement, et que je rectifierai le tir ensuite ? Tu dois faire cette tentative… C'est ton devoir.

Nouveau silence. Comment un homme, qui avait commandé des centaines d'autres, prenant des décisions sur-le-champ face à des conditions quelquefois périlleuses, se trouvait-il démuni à l'idée de communiquer avec son fils unique, fût-il particulier ? Une réponse s'imposait : il culpabilisait pour la première fois, et cela le paralysait.

Yohan entra, escorté d'Annick.

— Le dîner est servi dans deux minutes, monsieur.

Elle aussi respectait l'exactitude maniaque de son patron. Comme presque tous les jours, elle s'était appliquée à ce que son fils soit présentable, changé, peigné et débarbouillé si besoin en était, pour le cérémonial du dîner.

— Bonsoir, papa. Salut, mon pote.

Ces derniers temps, les repas s'étaient passés dans une ambiance figée, Camille écoutant d'une oreille distraite les propos de Yohan, qui lui paraissaient constamment incohérents. Quand il parlait, ce qui n'était pas toujours le cas. Alors, l'un comme l'autre avaient hâte d'en finir dans ces moments de silence peuplés de gêne, d'irritation, d'incompréhension réciproque.

Yohan s'assit, le dos bien droit, les mains posées à plat sur la table, prenant un air guindé comme à chaque tête-à-tête avec son père. Sauf que la présence de l'ecclésiastique lui apportait la perspective d'une conversation réconfortante. Il pourrait s'exprimer sans retenue.

Annick commença le service du dîner, tandis que le prêtre s'évertuait à détendre l'atmosphère. Peu de sujets permettaient au jeune homme de parler de ce qui l'intéressait. En premier Sonia, cheval d'exception, puis son amie Isabelle, les grandes promenades, et Jean de La Fontaine. De temps à autre, ses observations sur la nature traduisaient sa perception sensible de ce qui échappait à beaucoup de gens. Contraste singulier avec les énormités de langage qu'il s'autorisait avec son ami Jakez, lorsqu'ils n'étaient que tous les deux. Après la dégustation de la tarte aux pommes que la cuisinière réalisait à la perfection pour la satisfaction gourmande de ses convives, le prêtre adressa un mouvement de tête discret à Camille.

— Yohan… je dois te dire quelque chose de très important…

— Oui, papa…

— Regarde-moi, s'il te plaît.

Le grand enfant fit un effort pour fixer son père dans les yeux. Il n'y avait rien de faux, de complexé, dans ce regard-là. Seulement une immense solitude innocente.

— Je dois t'avertir que… que je vais bientôt disparaître.

— Tu t'en vas où, papa ?

— Je vais rejoindre ta maman.

Yohan posa brutalement sa petite cuillère dans son assiette. Des larmes apparurent au coin de ses paupières.

— Tu vas voir maman ?

— Oui. Je ne serai plus dans ce monde. Tu ne me verras plus.

L'unique mot « maman » suffisait pour tout balayer dans sa tête. La lumière de son grand amour s'allumait.

— Elle ne m'a rien dit, maman.

— Ah bon… tu… tu lui parles… enfin… vous vous parlez ?

— Ben, oui, souvent.

Jakez hocha la tête, surpris que l'amiral soit finalement assez habile pour annoncer sa mort. Cependant, il crut bon d'intervenir :

— Tu sais, ton père est gravement malade. Il va sûrement avoir très mal. Ce serait bien que tu sois gentil avec lui.

— Mais je suis pas méchant.

— Non, c'est vrai. Tu pourrais simplement t'occuper un peu plus avec lui, l'accompagner en promenade par exemple.

Le regard revenu pour fixer le bord de la table, un tumulte tournoyait dans l'esprit du fils.

— Y se promène toujours tout seul. Y m'a jamais demandé de le suivre. Quand je pleure, y m'a jamais consolé… J'ai peur que s'il voit maman, y ne soit pas gentil avec elle… Je veux pas qu'il la voie… S'il a mal, je lui ferai pas de bisous… Mais je resterai très poli, et propre à table…

C'était rédhibitoire. Les deux hommes étaient incapables d'émettre le moindre mot. Camille encaissait le choc révélant sa conduite, et le résultat de son vide affectif sur cet être qui pourtant représentait sa descendance. L'échec était abyssal. Il se domina pour conclure cette absence de sentiments.

— Ne t'inquiète pas, Yohan. Je serai gentil avec ta maman… si je la vois… Je ne serai peut-être pas avec elle… Tu peux sortir de table si tu veux.

— Merci, papa. Je vais dire bonsoir à Sonia.

Après son départ, le silence continua. Il n'y avait rien à dire. C'était trop lourd. Jakez ne put s'empêcher de penser que Camille devait porter sa croix. Il ne pouvait plus rien pour lui. C'était trop tard. Il prit congé rapidement.

*

Avec l'arrivée de l'hiver, le peuple de la mer va connaître une période plus calme. En tout cas ici. Plus de salopards qui tuent mes amis pour le plaisir. Ailleurs, c'est horrible. Les Japonais, les Islandais, et d'autres peuples du nord chassent la baleine.

Mais le plus horrible est le massacre traditionnel des globicéphales, les dauphins-pilotes, aux îles Féroé dépendantes du Danemark. Personne ne réagit. La mer devient une gigantesque mare de sang. Les pêcheurs assassins pataugent dedans, fous du plaisir de tuer.

Ce serait facile de les obliger à renoncer à cette horreur. Mais non. Il y a des intérêts politiques inconnus pour ignorer ce qu'on appelle cyniquement des « traditions ancestrales », atteintes scandaleuses à la biodiversité dont se gargarisent les écologistes, incapables de définir une ligne claire et raisonnable de protection animale, fût-elle marine. Je rêve toujours de mon Nautilus *pour aller éventrer les bateaux-usines qui écument les océans, sans se soucier d'atteindre bientôt le seuil d'extermination sans retour de toute vie aquatique.*

Heureusement, je suis là, ultime défenseur de cette côte, où viendront se réfugier tous ces pauvres êtres poursuivis sans relâche. Je devrais sûrement intensifier ma surveillance, car de plus en plus de gens s'installent par ici. N'ayez crainte, mes amis : je ne faiblirai pas.

*

Isabelle attendait son ami, appuyée contre le tronc du premier grand chêne de l'allée. Quand elle l'aperçut, elle s'avança vers lui en sautant d'un pied sur l'autre. Ses cheveux attachés en queue-de-cheval dansaient à chaque bond. Son chemisier aux manches retroussées montrait ses bras musclés. Elle avait passé par-dessus un gilet à poches en jean comme son pantalon, et chaussé des bottines en cuir.

Elle embrassa Yohan sur les joues, et lui prit la main.

— Qu'est-ce qu'on fait, mon pote ?

— Tu veux pas qu'on se balade avec Sonia ?

— Ouais ! Super ! Tu peux lui mettre une sangle comme la dernière fois, que je m'accroche ?

— Ben oui, pas de problème.

Ils gagnèrent le box pour équiper la jument. Le licol, le mors, les rênes, une simple couverture pliée en deux, maintenue par une sangle avec une boucle. Puis les deux jeunes gens s'installèrent à califourchon à l'aide du petit escabeau, ustensile indispensable étant donné la hauteur de son dos et la masse du ventre rebondi.

— Allez !

Toute joyeuse, la grosse bête partit au petit trot, ce qui était inconfortable.

— Doucement, Sonia !

Immédiatement, elle obéit et se mit à une allure au pas rapide. Son énergie était formidable.

— C'est bien, dit Yohan en se penchant pour caresser son encolure.

Quelques promeneurs se retournèrent sur leur passage, étonnés de voir un cheval de cette taille et de cette beauté. Étonnés aussi par la physionomie des deux cavaliers, différente de la normalité.

Après avoir rejoint le bout de la route du Vougot, ils longèrent l'immense plage à la limite de l'eau, laissant leur monture choisir la profondeur qui lui convenait pour rafraîchir ses sabots, ce qu'elle aimait beaucoup. Ce faisant, elle se déplaçait au ralenti, ce qu'Isabelle et Yohan appréciaient, leur permettant de profiter du paysage sous un soleil enivrant de luminosité. Pourtant le garçon ressentait le mal-être de son amie, dont il connaissait la cause. La perception de leur état d'âme réciproque était tellement sensible qu'au premier coup d'œil ils savaient qu'un trouble les habitait. La jeune femme souffrait, et cela durait depuis quelque temps.

— Tu n'as plus de nouvelles de Cathy ?

— Non… Finalement, c'est une salope…

— Pourquoi tu dis ça ?

— La seule chose qui l'intéressait, c'était de baiser. Elle ne m'aimait pas.

Yohan se sentait dépourvu de paroles pour consoler Isabelle. Il ne parvenait pas à définir les sentiments, que ce soit pour les autres ou pour lui-même. Ce qui ne l'empêchait pas de les ressentir parfois cruellement. En silence. C'est alors que la présence de ceux qu'il aimait était vitale. Il y en avait très peu : sa mère, avec qui il entretenait un dialogue virtuel permanent, Jakez, Isabelle, Linda et Legarrec. Et Sonia.

— Moi, je l'aimais, continua-t-elle, je voulais vivre avec elle plus tard. Et maintenant…

Elle se mit à sangloter, appuyant sa tête contre le dos du cavalier. Il ne pouvait rien faire pour lui témoigner sa compassion. S'ils descendaient de Sonia pour s'étreindre et s'asseoir sur la plage, ils ne pourraient pas remonter pour la chevaucher. Ils étaient trop éloignés du manoir pour rentrer à pied.

— Je veux pas que tu pleures… Je vais pleurer aussi.

Isabelle se redressa et essuya ses larmes avant de poser ses deux mains sur les épaules de son compagnon.

— Pardon de te faire de la peine… Heureusement, tu es là… mon seul ami.

Elle reniflait bruyamment, ce qui intriguait la jument qui pointait ses oreilles dans sa direction. Yohan hurlait quand elle galopait, mais elle ne l'avait jamais entendu pleurer. Seulement senti malheureux.

— Tu vas trouver un jour une autre amie, gentille, qui t'aimera très fort. Tu verras.

— Oui, je voudrais bien. Comme toi, en fille…

La réflexion le fit rire. Il imagina un bref instant une fille qui lui ressemblerait.

— Ben, elle serait pas très belle !

Ce fut au tour d'Isabelle de chasser ses larmes par un petit rire.

— Mais si. Moi, je te trouve beau… Linda aussi, non ?

Un silence suivit, rythmé par le soupir des vaguelettes sur le sable, et l'éclaboussure des sabots de Sonia.

— Ouais… Je sais pas… Elle me l'a pas dit ! Elle veut pas baiser, ça, c'est sûr…

— Mais elle te fait toujours une petite branlette ?

— Ben ouais. Elle dit que c'est bon pour ma santé… Elle m'aime, ça, c'est sûr. Moi aussi…

— Elle t'embrasse ?

— Euh… non, jamais… Enfin, si, sur la joue.

— Tu crois vraiment qu'elle t'aime ?

— Oui. Pourquoi ? Tu penses que c'est pas vrai ?

— Je sais pas…

Une petite contrariété s'immisça dans son esprit, qu'il chassa aussitôt. Si Linda ne l'aimait pas, elle ne lui donnerait pas ce plaisir intense qui envoyait un feu d'artifice merveilleux à travers la moindre parcelle de son corps. Cela lui faisait tellement de bien et le rendait si heureux. Pauvre Isabelle, elle ne pouvait pas comprendre. Enfin, peut-être. Une femme, c'est différent. Il se demandait souvent comment elles étaient faites… leurs zizounettes. Son amie avait toujours refusé de la lui monter. Linda lui avait promis un jour de le faire. C'était il y a longtemps.

— « *Un homme chérissait éperdument sa chatte ; il la trouvait mignonne, et belle, et délicate, qui miaulait d'un ton fort doux : il était plus fou que les fous.* »

Isabelle, qui n'avait jamais pu lui faire apprendre l'arithmétique ou l'histoire malgré ses efforts, était constamment surprise lorsque Yohan récitait un morceau de fable du sieur La Fontaine.

— Tu connais combien de fables de La Fontaine ?

— Ben, quatre cent treize… Toutes celles qu'il a écrites.

— Tu peux toutes les réciter par cœur ?

— Ben ouais. C'est Jakez qui m'a filé le bouquin quand j'étais petit. Les images sont vachement chouettes. C'est Gustave Doré qui les a faites.

— Mais c'est bizarre. Je suis allée voir sur Internet, et je n'en ai trouvé que deux cent quarante-trois.

— Ouais, y paraît qu'y a pas mal de conneries sur Internet. Je te montrerai mon bouquin, tu compteras avec moi.

— Je me demande pourquoi tu n'as appris que ces fables[13].

— C'est comme ça. Tout le monde m'emmerde à me poser la même question.

— Pardon. Je ne le ferai plus.

— Toi, c'est pas pareil. T'es ma petite sœur.

— Oh, oui !

Elle entoura sa taille avec ses bras, et se serra contre lui.

— On ne se quittera jamais. On laissera personne nous casser les couilles.

— Ouais. Et pis si quelqu'un nous embête, on le dira à Legarrec. Y lui cassera la gueule…

— Il est super avec nous, Legarrec…

— Y m'a jamais grondé.

— Moi non plus. En plus, il est content de mon travail.

Elle se remit à pleurer.

— Si seulement Cathy avait pu m'aimer… Je suis si bien ici, avec toi…

Yohan, désemparé, ne trouvait rien à lui dire. Il indiqua un demi-tour à sa jument, tout en douceur, et celle-ci reprit son chemin exactement en bordure

---

13. Yohan a compté toutes les répétitions indiquées à la fin du livre pour faciliter les recherches. Deux cent quarante-trois est en effet le bon chiffre.

des vaguelettes, selon son habitude. Avant de bifurquer vers la route du Vougot, ils croisèrent un homme qui traînait sa prame vers la mer pour rejoindre son bateau, amarré une cinquantaine de mètres plus loin à son corps-mort.

— Y paraît que le naufrageur a encore troué un canot la semaine dernière. T'es au courant ?

— Ouais. Je m'en fous.

— C'est pas bien quand même... Moi, je ferais jamais ça...

— Toi, tu es le meilleur des hommes.

Et elle lui tapota maladroitement l'épaule. Au moment de quitter le sable pour la petite route bitu-minée, trois cyclistes descendirent de leur vélo et les couchèrent sur le talus. Puis ils barrèrent l'accès à la jument qui s'arrêta, inquiète. Il s'agissait du fils Le Floch, du jeune Guillou et d'un neveu d'Yves Salaün réputé pour son manque d'ardeur à trouver du travail. La vue du couple en promenade sur leur colossale monture excita leur humeur sarcastique.

— Voilà les fiancés de l'année !

— Sont-y pas beaux, les mignons !

Yohan, très mal à l'aise face à toute forme d'agres-sion, s'efforça de rester poli.

— Tu nous laisses passer, Gwendal, s'il te plaît.

— Ah, mais, pour ça, Môssieur le Comte, il faut une petite compensation !

La colère d'Isabelle flamba spontanément.

— Foutez-nous la paix, connards !

— Oh, mais elle est pas polie, la tarée !

— La tarée, elle t'emmerde ! Elle pourrait bien te casser la gueule !

— Avec plaisir ! On va voir comment tu t'y prends ! Allez, descends, gouine de mes deux !

Yohan se mit à crier :

— Je veux pas que tu tapes Isabelle ! Laisse-la tranquille !

— C'est elle qui m'insulte, pauvre demeuré ! Tu veux te battre aussi ?

— Si tu touches à Yohan, je t'explose la tronche !

— On va voir ! Allez, à l'attaque !

Alors que les trois tourmenteurs posaient leurs mains sur les jambes des cavaliers pour les faire tomber, Yohan éclata en sanglots. Il commença aussitôt à se taper la tête sur l'encolure de son cheval. La jument, surprise de ce comportement inconnu, se cabra en hennissant, manquant de désarçonner ses cavaliers, mais écartant les agresseurs ne s'attendant pas à une telle réaction. Comme les frappes continuaient, affolée, elle fonça en avant, renversant Gwendal qui ne s'était pas écarté suffisamment de devant son poitrail. Maintenant, la bête emballée galopait de toute sa puissance sur la petite route. Une voiture ou un cyclomoteur quelconque en sens inverse ne pouvait l'éviter. Isabelle essaya de calmer son ami, complètement déboussolé.

— Arrête, s'il te plaît ! Ils ne sont plus là, tu ne risques rien sauf d'avoir un accident ! Arrête !

Mais le jeune homme, victime de cette crise terrible qui l'affectait face à la violence des autres à son égard, n'entendait rien, ne comprenait rien. Le cheval non plus, qui ne ralentissait pas son effroyable allure. Isabelle se cramponnait à la sangle, ballottée dangereusement, redoutant une catastrophe imminente. Elle hurla :

— Je t'en supplie, mon chéri, ne pleure plus !

Sans le savoir, elle prononça une phrase que Marie-France, la mère de Yohan, avait dite trop souvent dans sa petite enfance. Elle parvint aussitôt à l'entendement du pauvre homme, comme tout ce qui lui rappelait celle qui demeurait perpétuellement dans son cœur. Il fallut encore quelques secondes pour qu'il réagisse et réalise le danger de son animal devenu incontrôlable. Il commença par se tranquilliser lui-même, puis, en se penchant, parla près de l'oreille de Sonia. Elle perçut à son tour un retour à la normale, retrouva des sonorités habituelles auxquelles elle obéissait et finit par ralentir. Quand l'allure au pas fut établie, bête et humains se réfugièrent dans un silence réparateur accompagné seulement de gestes d'affection, à ce moment-là plus essentiels que des paroles.

MAI 2017

L'élégant corbillard, tiré par le beau cheval frison, qui avait accompagné les habitants décédés de la bourgade pendant des décennies, avait été remplacé par un break Mercedes au grand dam de quelques écologistes. La foule envahissait l'église de Guisségny, débordant même sur le parvis où ceux qui ne pouvaient entrer s'abritaient sous leur parapluie en cette après-midi de mai pluvieuse.

Au premier rang, de part et d'autre du catafalque, Yohan, Legarrec et sa femme, Annick aux côtés de son mari, Thierry Gondrand, Isabelle et sa mère, sur les sièges à gauche et à droite les trois sœurs du défunt avec leurs époux, les enfants, quelques petits-enfants les plus âgés, ce qui représentait un groupe important.

Derrière eux, des officiers de la Royale en uniforme d'apparat, le maire flanqué du conseil municipal au grand complet, tout le personnel de l'école Sainte-Jeanne-d'Arc, et les nombreuses personnalités, fournisseurs, commerçants et relations, qui avaient fréquenté la famille La Roche-Maillebois depuis des temps immémoriaux. Manquaient, ce qui n'échappa à personne, les Queré, parents de Marie-France, dont l'aversion pour les nobliaux se renforçait d'année en année. Ils s'interdisaient tout contact avec celui qui avait fait mourir leur fille, leur laissant la honte d'un enfant dégénéré, héritage de leur « sang bleu » corrompu sans doute par la consanguinité.

Il y avait même, un peu à l'écart sur l'allée latérale, un représentant des Éditions Grasset, conséquence du gros succès inattendu pour le livre de l'amiral de La Roche-Maillebois.

Jakez Le Moën organisait une messe en utilisant tout le décor dont il disposait, en hommage à celui qui lui avait versé un généreux pécule destiné à parer aux imprévus. Legarrec, de son côté, s'était assuré d'un service de pompes funèbres haut de gamme. Un monceau de fleurs tapissait les marches de l'autel, et sur le cercueil en chêne verni, aux poignées de bronze, une photo de Camille en uniforme trônait, montrant le personnage souriant, ce qui était devenu rare.

Le docteur Menez arriva tout essoufflé au moment où la messe commençait, et prit place à côté d'Isabelle sur la chaise qu'on avait prévue à son intention. Le médecin s'était efforcé justement de retarder ses consultations pour la cérémonie à laquelle il venait participer.

L'ambiance de l'assistance était constituée de plusieurs courants de pensée. Jakez, homme intuitif, concevait son homélie funèbre bien à l'avance, sachant qu'il s'adresserait à des non-croyants, des indifférents et pas des moindres, des pratiquants, des officiers ayant bien connu Camille, et de simples curieux venus épier des gens qu'ils connaissaient peu ou mal.

Une main sur le cercueil, il prononça son discours, simplement, sincèrement, sans bafouiller, prenant soin de palier au mieux la diffusion du son, toujours défectueux dans les églises. Était installée dans un angle, près d'un pilier de la nef, une petite estrade avec un pupitre et un micro. Lorsqu'il invita ceux qui désiraient prendre la parole, Yohan, à la stupéfaction de tout le monde, se précipita et, les yeux braqués sur Isabelle, il récita au micro :

« *Vous m'êtes, en dormant, un peu triste apparu,*
J'ai craint qu'il ne fût vrai, je suis vite accouru.
Ce maudit songe en est la cause.
Qui d'eux aimait le mieux ? Que t'en semble, lecteur ?
Cette difficulté vaut bien qu'on la propose.
Qu'un ami véritable est une douce chose !
Il cherche vos besoins au fond de votre cœur,
Il vous épargne la pudeur
De les lui découvrir vous-même :
Un songe, un rien, tout lui fait peur
Quand il s'agit de ce qu'il aime. »

Puis, en courant, il quitta l'église. Il y eut un moment de flottement dû à la surprise, surtout pour ceux qui ignoraient l'existence de Yohan. Un officier chamarré de médailles lui succéda, remettant le déroulement de l'office sur ses rails.

L'ennui ou la lassitude, la ferveur ou le recueillement reprirent leur cours, pulvérisé le temps de la fable dont peu connaissaient l'auteur. Jean de La Fontaine s'était invité là où on l'attendait le moins, sa bienveillante philosophie portée par un interprète exceptionnel.

À la sortie de la messe, le cortège se forma derrière le break lorsque le cercueil y fut installé. Il y avait tellement de fleurs que le surplus fut posé sur le toit du véhicule dans des cartons maintenus entre les barres de fixation.

Le cortège s'ébranla lentement derrière le corbillard qui roulait au pas, abrité sous une forêt de parapluies. Ce qui fit murmurer un des assistants à l'oreille de son voisin la fameuse phrase d'Olivier de Kersauson : « Il ne pleut que sur les cons. »

Par discrétion, les gendarmes, eux aussi en grand uniforme, fermaient la marche. Peut-être dans l'espoir de repérer un individu au comportement bizarre. Lerouzic, maintenant commandant, flanqué de « Batman » et ses collègues ne cessaient de dévisager les gens depuis le début de la cérémonie, lorgnant à l'occasion les jambes des belles paroissiennes, joignant ainsi l'utile à l'agréable. Parmi celles-ci, Linda Legarrec remportait la palme. Sa robe sur mesure, son manteau trois-quarts, son nœud de velours sur sa queue-de-cheval, ses bas, ses escarpins lui composaient une symphonie en noir provocante car, fût-elle en tablier de cuisine et en bottes, elle attirait inexorablement le regard des hommes.

Lorsque tout le monde fut réuni devant le caveau familial richement décoré, le cercueil posé sur des tréteaux, le maire prononça un dernier discours, saluant à travers Camille cette famille renommée qui n'avait apporté que du bien à sa municipalité, quelle que soit la couleur politique de son premier citoyen.

Commença alors le défilé des bénédictions, accompagné du geste d'adieu symbolique consistant à déposer une rose sur le bois verni. Quand ce fut au tour de Linda Legarrec, on entendit nettement, le vent portant favorablement le son vers l'assistance : « Elle est vachement baisable, la pute à Legarrec. »

Jean-Marie lâcha sa rose par terre, se retourna, soudain très pâle, et marcha tranquillement vers la foule dont il écarta sans ménagement le premier rang. On entendit un bruit de claque édifiant. Presque aussitôt, le quartier-maître ressurgissait, traînant le corps du fils Le Floch comme un chiffon pour le jeter dans l'allée. Immédiatement, le père du garçon se précipita en hurlant :

— Salaud ! Je t'interdis de toucher à mon fils !

Il n'eut pas le temps d'atteindre le fautif d'un coup de poing, qu'il se retrouvait, lui aussi, étendu sur le sol. Jakez, qui tentait d'intervenir, fut violemment repoussé, tombant sur ses fesses. D'un seul coup, tous ceux qui peu ou prou n'aimaient pas le régisseur se ruèrent pour le frapper. Sans succès. Ils se faisaient démolir, telle l'image humoristique d'Astérix projetant les Romains en l'air par des baffes monstrueuses. C'en était trop pour les officiers de la Royale, qui ne toléraient pas un pareil comportement dans ces circonstances, surtout en agressant un des leurs, fût-il quartier-maître retraité. Remettant leurs belles casquettes à l'un de leurs chauffeurs, ils se jetèrent dans la bagarre sans retenue, aux côtés de Jean-Marie. Les cris, les insultes, les coups pleuvaient davantage que les larmes du ciel. Ceux qui ne participaient pas encourageaient les protagonistes de leur choix, n'hésitant pas à l'occasion à donner un coup de pied au combattant à leur portée, sans risque de recevoir un horion en retour. En moins de deux minutes, la mêlée était presque générale, le piétinement formant une grande flaque de boue dans laquelle les belligérants chutaient et se relevaient tour à tour.

Les gendarmes, médusés, se devaient d'intervenir. Mais comment, dans ce déchaînement de violence et de colère ? Lerouzic, également en grande tenue, n'avait pas d'arme. Se tournant vers Batman, il découvrit que son subordonné avait son Sig Sauer à la ceinture, faisant une boursouflure sous sa veste.

— Donne-moi ton pistolet, vite !

— Mais…

Il ne le laissa pas achever sa réflexion, souleva le tissu, et libéra l'arme de son mousqueton. Comme le cliché dans certains films, il tira deux coups en l'air, ce qui, en effet, stoppa immédiatement le pugilat.

C'était surréaliste ! Un terrible instant de gêne succéda au désordre. Certains officiers de Marine étaient maculés de la tête aux pieds, apparence encore plus frappante lorsqu'ils remettaient sur leur tête une casquette impeccable.

Les femmes, oubliant leur vindicte originelle, commençaient à engueuler leurs hommes, leur reprochant l'énorme lessive qui les attendait. Les croque-morts s'étaient réfugiés derrière le caveau. Ils revenaient timidement achever leur travail.

Legarrec, impassible, sa femme et Thierry de retour à ses côtés, n'était que peu éclaboussé. Ce dont il n'avait cure.

Le Moën, en colère, se tenait derrière la tête du cercueil qu'il fallait nettoyer. Le commandant Lerouzic s'approcha de lui.

— Ça va, mon père ?

— Oui. Merci de votre intervention.

— Je vous en prie, il me semble…

Jakez ne le laissa pas finir. Il hurla carrément ses propos :

— Partez tous ! J'ai honte de votre conduite, quelles qu'en soient les raisons. Je ne veux plus voir personne. Laissez-moi finir dignement mon devoir.

Il ne fit signe aux croque-morts de rentrer le cercueil dans le caveau que lorsque la dernière personne fut sortie du cimetière.

Si la presse locale, *Ouest-France* et *Le Télégramme*, retraça l'événement d'un ton plutôt modéré, assez malicieux quand même, dans certains journaux nationaux, il en alla tout autrement. « *Fantasia chez les ploucs* » se permettait même un journaliste citant le titre du livre de Charles Williams pour décrire l'enterrement de l'amiral de La Roche-Maillebois. Il devait y avoir un correspondant incognito de l'AFP[14] assistant à la cérémonie, car les descriptions étaient précises, et la récitation « Les Deux Amis » de Jean de La Fontaine par Yohan alimentait la chronique d'une note tragi-comique.

Chez Ty Porzh, ce dimanche matin, l'ambiance était surchauffée. Quelques yeux pochés, virant au jaune-vert, apportaient leurs témoignages dans une discussion générale âpre, qui avait au moins le mérite pour une fois d'être claire : les salopards de la Royale avaient reçu leur dérouillée. Oubliés le point

14. Agence France Presse.

de départ du conflit et la réaction de Legarrec. Les marins ne devaient pas se mêler de ça ! Oublié aussi que cette bagarre homérique avait eu lieu lors de funérailles. Qu'importe. De quoi se mêlaient ces prétentieux galonnés ?

Seul le retraité maritime Pouliquen buvait du petit lait dans son coin, sans rien exprimer en apparence, le nez dans son journal. Son excitation au paroxysme, à l'inverse de son indifférence feinte, il notait soigneusement dans sa mémoire tous les propos croustillants qu'il captait.

— Quelle bande d'abrutis ! Ils atteignent le sommet du ridicule sans même s'en apercevoir.

Dans l'agitation générale, Pierre Nédelec, emporté lui aussi par la fièvre de sa clientèle, lui resservit son ballon de côtes-du-rhône, alors qu'il n'avait rien demandé.

Au manoir, le régisseur donnait sa liberté pour la journée à Annick. Il lui confirmait, étant dorénavant son employeur officiel, qu'il la gardait, qu'elle pouvait continuer de loger dans son étage sous les combles avec son mari et, en dehors d'un ménage d'entretien maintenant restreint, elle devait s'occuper de Yohan exclusivement, mais comme elle l'entendait. En cas de problème, il lui promettait de l'aider. D'ailleurs, il allait lui aussi s'investir un peu plus dans le quotidien de l'héritier. Car, il le lui précisait bien, Yohan était l'unique héritier du domaine dont il avait la responsabilité sous tutelle. Annick, femme simple et dévouée, se sentait reconnaissante envers l'homme de qui elle n'avait jamais eu à se plaindre. De sa femme non plus d'ailleurs, en dépit des ragots qu'on essayait de lui soutirer. Bien sûr elle avait mauvais genre. Et alors ? Chacun a le droit d'être ce qu'il est, tant qu'il ne fait pas de tort aux autres. Et c'était bien le cas : Linda, peut-être un peu autoritaire, était polie, bienveillante, et s'inquiétait régulièrement de savoir si tout allait bien dans sa tâche. « Alors ? C'est pas l'essentiel, ça ? Allez, j'ai rien à vous dire. »

Et puis, Jean-Marie, fin diplomate, lui augmentait sensiblement ses gages.

Avant de partir voir sa famille, Annick vérifia la présentation de son protégé qui allait déjeuner chez son tuteur. Il était convenu qu'elle le surveillerait la soirée après l'avoir fait dîner.

Yohan arriva chez les Legarrec avec un bouquet de fleurs, essentiellement constitué de pissenlits. Habituée aux « bizarreries » de son invité, Linda le remercia, et mit le bouquet dans un vase sur la table du déjeuner. Il resta debout, tel qu'on le lui avait appris, tant que la maîtresse de maison ne s'était pas assise elle-même. Jean-Marie avait fait comme lui, attentif à mettre le jeune homme en confiance. Dans l'intérêt des affaires, il fallait renforcer le bien-être de l'héritier et, sans excès évidemment, satisfaire ses désirs, voire ses lubies, dans la limite du raisonnable, c'est-à-dire sans provoquer de scandales ni même de protestations de la part des villageois. L'échauffourée au cimetière avait suffisamment créé de remous pour un bon bout de temps.

— J'ai faim !

— Ça tombe bien. Je t'ai préparé une blanquette de veau, ton plat préféré.

— Merci, Linda, merci, Jean-Marie. Je suis très content.

— Mais nous aussi, mon garçon, on est heureux de t'avoir avec nous.

— Oui, c'est bien. Vous êtes gentils avec moi, tous les deux.

— Normal : on t'aime beaucoup, depuis qu'on est arrivés ici.

— Oui. Et puis, tu t'occupes bien de Sonia aussi. Elle est très contente, comme moi.

— C'est une brave bête, qui s'entend parfaitement avec toi. Tu en fais ce que tu veux d'ailleurs.

— Oui. Elle comprend tout ce que je dis. C'est ma meilleure amie… après Isabelle.

Linda lui tendit une tranche de pain garnie de foie gras.

— Merci, Linda.

Il l'enfourna dans sa bouche avec voracité, mastiquant en étant soudain dans un monde perceptible de lui seul. Le connaissant, le couple savait que dans ces moments-là, il fallait faire semblant de l'ignorer.

— Thierry m'a téléphoné. Il viendra nous voir le week-end prochain, dit Jean-Marie, s'adressant à Linda.

— Pas de difficultés pour… les papiers ?

— Aucune. Tout était scrupuleusement préparé, avec les signatures requises. Après mon audition avec le juge des tutelles, on présentera un état des lieux et les comptes, début octobre. D'ici là, il vaut mieux ne faire aucun changement dans nos habitudes.

— Ah ! J'aurais bien aimé…

Elle jeta un coup d'œil à Yohan. Étant donné sa mémoire sélective imprévisible, il était préférable de ne rien dire devant lui.

— Oui, quoi ?

— Non, une idée sans intérêt.

Jean-Marie comprit son regard.

— On a reçu des condoléances de la part des Éditions Grasset. Elles confirment que *Les Fils de la mer* continuent à bien se vendre. Les droits seront versés en mars prochain.

— Étonnant, ce succès. Heureusement, monsieur Maillebois en a eu con…

— Il parle de moi dans son bouquin ?

Yohan suivait quand même la conversation ! Linda se félicita de ne pas avoir formulé son souhait. L'étrange cerveau de son invité devait être capable de vivre plusieurs univers en même temps. Sa question était embarrassante.

— Non, parce qu'il ne raconte que des événements du passé, essentiellement liés aux carrières de tes ancêtres. Des amiraux comme…

— Je me fous de ces connards !

— Pourquoi tu…

— Et puis il a honte de moi !

— D'abord, il n'est…

— Je veux pas qu'il voie ma maman !

Il avait presque crié !

— Je suis sûre qu'il ne la verra pas, intervint Linda.

— Comment tu le sais ?

— Parce qu'elle est au paradis, et que ton père a été méchant avec elle.

— Il est en enfer, hein ? Bien fait pour sa gueule.

— Il ne faut pas dire des choses comme ça, Yohan. Avant de… mourir, il a tout fait pour que ta vie soit heureuse maintenant, corrigea Legarrec.

— Ouais… il avait la pétoche !

Le pauvre garçon avait souffert, et ses blessures ne cicatriseraient pas, entretenues par sa sensibilité extrême qu'on n'avait même pas envisagée. Que son père avait volontairement négligée.

— Allez ! Oublie tout ça ! Maintenant, la blanquette !

— Ouais !

Il se jeta sur la nourriture, puis tout à coup s'immobilisa, la fourchette en l'air.

— Il ne faut pas manger comme une bête ! Je dois faire attention.

Avec une application forcée, il reprit son déjeuner, sans plus se soucier de ses hôtes. Les réflexions paternelles étaient dûment mémorisées.

Isabelle arriva pour le dessert, comme convenu. Linda avait acheté un fraisier succulent pour satisfaire la gourmandise de leurs convives. Leurs humeurs joyeuses partagées, ils quittèrent la table pour aller se promener avec la jument, laissant le couple Legarrec songeur.

— La vie est curieuse quand même…

— Oh oui ! Et je n'ai pas à m'en plaindre !

Elle se leva pour venir s'asseoir sur les genoux de son mari et lui entourer le cou de ses bras.

— Tu voulais dire quoi, tout à l'heure ?

— Que j'aimerais bien avoir une belle voiture décapotable !

— C'est la dernière des choses à faire pour le moment. Thierry te le confirmera. Ne changeons rien à notre manière de vivre. Il ne faut pas attirer l'attention sur nous. Plus tard on verra.

— Le gosse va occuper le manoir à lui tout seul ?

— Oui. Avec Annick et son mari. N'oublie pas la surveillance du curé.

— Je ne risque pas.

— Il faut faire avec. Je dois le voir ce soir. Il vient dîner avec Yohan, comme tous les dimanches soir.

— Pourquoi veux-tu le voir ?

— Je dois m'excuser de l'avoir bousculé au cimetière.

À cette évocation, un fou rire les gagna, en se remémorant les péripéties successives d'une cérémonie qui resterait dans les annales des faits divers locaux, à n'en pas douter.

*

En arrivant, Jakez découvrit Yohan et Jean-Marie dans le bureau de l'amiral, installés devant la cheminée. Legarrec s'était bien gardé de s'asseoir à la place du défunt. Ils se levèrent pour le saluer. Le prêtre, le visage fermé, répondit d'un simple signe de tête.

— Je ne vais pas rester dîner, mais je voulais vous présenter mes excuses pour vous avoir renversé à l'enterrement. Pardonnez-moi, s'il vous plaît, mon père. J'étais fou de colère.

L'interpellé le regarda fixement, et prit sur lui pour répondre.

— J'accepte vos excuses, avec difficulté. J'ai parfaitement conscience de la grave insulte qu'on vous a infligée en public…

Il se tut un instant afin d'employer les mots justes pour traduire sa pensée.

— Mais votre réaction intempestive, votre manque de contrôle inadmissible ont ridiculisé cette cérémonie si importante de notre départ d'ici-bas. Vous auriez pu différer vos règlements de comptes ; j'aurais également contribué, à ma manière, à réparer l'affront qui vous a été fait. Mais vous avez tout gâché. Ne demeurera dans les mémoires, à la place du respect envers Camille, que ce triste pugilat qui, et c'est un comble, provoquera pendant longtemps moqueries, plaisanteries ignobles et propos déplacés…

L'ecclésiastique, en colère, s'efforçait de rester dans les limites de la bienséance. Legarrec le comprit et, malgré son irritation naissante, décida de faire profil bas.

— Je comprends votre réaction. Je suis désolé. Laissons passer un peu de temps, voulez-vous. Nous avons à veiller sur Yohan, et je serai attentif à toutes vos directives futures. Bonne soirée.

— Salut, Jean-Marie. Mange bien et fais un gros dodo avec Linda!

— Merci, Yohan!

Si Thierry avait raison en estimant le curé nul en affaires, il n'en était pas de même avec ses valeurs morales. De là pouvait provenir le danger. Le régisseur, contrarié, se promit de faire très attention dans leurs rapports. Il fallait reconquérir l'estime d'un être exigeant, non seulement sur les pratiques religieuses, mais aussi sur les bonnes mœurs, ce qui n'était pas du tout son cas. Comment adopter une conduite qui convienne? Il décida d'y réfléchir sérieusement.

*

— Mon commandant, moi, à ta place, je les convoquerais tous avec, à la clef, une amende pour trouble à l'ordre public, et une peine de prison avec sursis!

Lerouzic regarda son adjudant, encore une fois surpris de ses excès. Son caractère impétueux le faisait déborder du cadre de la loi.

— Antoine, calme-toi. Personne ne nous a menacés, nous les représentants de l'ordre. Personne n'a déposé plainte contre qui que ce soit. Il n'y a pas de blessés graves, et je n'ai pas connaissance de demandes d'incapacité de travail.

— Alors, on ne bouge pas, on laisse faire ?

— Non, tu as raison, c'est inadmissible sur le plan moral. Tu vas convoquer les principaux responsables, Legarrec et les Le Floch père et fils. C'est toi qui vas leur passer un sacré savon. Voilà, mais pas plus.

— Je me serais bien fait un officier de la Royale.

— Laisse tomber. Si nous, gendarmes, avions été à leur place, imagine nos réactions.

— Pas d'accord. On sait se tenir, nous !

— Ouais… Allez, exécution.

Batman convoqua les belligérants à la même heure, afin de savourer davantage leur malaise dans une promiscuité qui ne pouvait être que déstabilisante. Et le but était atteint après une demi-heure d'attente en commun, pendant laquelle ils évitèrent soigneusement de se regarder. Lorsqu'ils pénétrèrent dans le bureau de l'adjudant Roulier, ils étaient, selon l'expression du sous-officier, « à point ». Sans les inviter à s'asseoir, il aborda aussitôt le laïus qu'il avait préparé.

— Vous avez commis une infraction grave en portant atteinte à l'ordre public. C'est un délit passible d'une amende de quinze mille euros, accompagnée d'une peine de prison d'un an. Votre altercation s'est produite au cours d'une cérémonie pour les obsèques de l'amiral de La Roche-Maillebois, célébrité nationale, ce qui est inadmissible. Vous rendez-vous compte de votre incivisme ?

L'hostilité des convoqués était palpable.

Legarrec réagit le premier.

— Il y a eu dépôt de plainte ?

La question prit Batman au dépourvu.

— Qu'est-ce que ça change ?

— Ben, intervint à son tour Le Floch père, ça change que personne ne nous reproche quoi que ce soit. Enfin… pas officiellement.

— Comment ? Vous vous foutez de moi en plus ?

— Pas du tout, mon adjudant, enchaîna Jean-Marie. Ça veut dire que sur le plan pénal, vous n'avez rien contre nous.

La fureur du gendarme monta d'un cran, l'emploi du mot « NOUS » n'y était pas pour rien !

— Vous vous tabassez au cours d'un enterrement, vous amochez la moitié de l'assistance, vous ridiculisez notre village aux yeux de la France entière, et vous croyez qu'on ne « vous » reproche rien ? Mais pour qui vous prenez-vous ? J'exige des excuses en public, auprès de toute la population !

Il avait hurlé, et Lerouzic dans la pièce à côté ne perdait rien de l'audition.

— Ça va pas être facile. Comment voulez-vous qu'on fasse ?

La question cette fois venait du fils Le Floch. Lui aussi employait le mot « ON ».

— Débrouillez-vous ! Appelez les journaux, passez un communiqué ! Et n'omettez rien ! Vous, le plus jeune, vous avez insulté délibérément madame Legarrec ! Vous savez ce que ça coûte, ça aussi ?

L'absence de réponse n'était pas faite pour apaiser le militaire. Jean-Marie pensa qu'il n'était pas bon d'attirer le ressentiment de la maréchaussée sur lui, pour quelque motif que ce soit. Il fallait temporiser.

— Ma femme n'a pas porté plainte non plus. Mais vous avez raison, mon adjudant, on va présenter nos excuses à la population.

— Oui, renchérit Le Floch, on va faire ça.

Batman évacua sa colère sous le coup de la surprise. À quelle sorte de gens avait-il affaire ? *Ma parole, ils font bloc comme si de rien n'était*, pensa-t-il. Gardant un ton autoritaire, il leur signifia que l'entretien était terminé.

— Et je compte sur vous pour que vos excuses soient publiées rapidement.

Une fois sur le trottoir, les trois hommes eurent une seconde d'hésitation.

— On va pas se laisser emmerder par les keufs, dit le fils Le Floch.

— Tout à fait d'accord, approuvèrent les deux autres en même temps en guise d'au revoir.

*

En rentrant au manoir, Jean-Marie était attendu par sa femme, inquiète d'un courrier arrivé depuis une heure. Sur l'enveloppe était écrit : *Tribunal d'instance de Brest, 32 rue de Denver, Brest*. Il en prit connaissance immédiatement. C'était une convocation du juge des tutelles pour le surlendemain. Que cela signifiait-il ?

À l'heure du rendez-vous, un huissier vint chercher Legarrec pour le conduire dans le bureau du juge. D'un aspect tout à fait semblable à l'amiral Maillebois, peut-être un peu plus enrobé, l'homme se montra aimable.

— Je vous ai convoqué, monsieur Legarrec, parce que j'ai reçu la visite de votre subrogé-tuteur, le prêtre Jakez Le Moën. Il est soucieux de la bonne gestion des affaires de mon ami feu Camille de La Roche-Maillebois.

— Ah bon ! Pourquoi ne m'en a-t-il pas parlé directement, monsieur le juge ?

— Je suppose qu'étant étranger au monde des affaires, n'ayant aucune notion comptable, il veut s'assurer que tout va bien, que Yohan Maillebois est à l'abri de toutes malversations pour continuer de vivre dans son environnement.

— Il me semble qu'il n'a aucune raison de se tourmenter, puisque nous avons tout organisé avec vous-même il n'y a pas longtemps.

— C'est ce que je lui ai répondu. Mais il se pourrait que…

Le juge était embarrassé, à l'évidence.

— Les événements fâcheux qui se sont déroulés aux funérailles de mon ami, auxquelles je regrette profondément de n'avoir pu assister, ont peut-être indisposé ce brave homme à votre égard…

Le magistrat, surchargé de travail, manifestait la volonté de ne pas envenimer les choses afin de ne pas perdre de temps en démarches supplémentaires dans une affaire déjà soigneusement réglée.

— Je l'ai rassuré de mon mieux, lui rappelant l'entière confiance et la reconnaissance de Camille… de mon ami pour votre rôle omniprésent au manoir, ainsi que pour le sérieux de la gestion du cabinet Gondrand. Je l'ai vérifié moi-même, cela va sans dire.

Il se tut, examinant en esprit ce qu'il allait proposer. Anxieux, Legarrec attendait la décision.

— Dans un premier temps, je vous conseille de lui témoigner une attention bienveillante. Vous en avez les moyens, et je les approuverai. Ensuite, au prochain audit, examen des comptes si vous préférez, on lui demandera de venir, et on essaiera de lui faire comprendre les diverses transactions effectuées. Étant convaincu que tout est en ordre, on ne se perdra pas dans un fouillis interminable d'explications… Est-ce que cela vous convient, monsieur Legarrec ?

— Très bien, monsieur le juge. Merci de vos précieux conseils. Je… je suis navré d'avoir gâché la fin de la cérémonie de…

— Je sais, je sais. Ce n'était pas entièrement votre faute. Vous avez bien fait de publier des excuses. N'hésitez pas à avoir recours à nos services en cas de besoin.

Bon, en clair il fallait acheter la paix avec Le Moën en lui attribuant un don pour sa paroisse. L'enfoiré ! Il était allé se plaindre en douce pour se venger. Hypocrite ! Mais hypocrite indispensable. Pour la présentation des comptes, Gondrand devrait effectuer un exercice irréprochable. Avec les questions inattendues de l'homme d'Église, ce pouvait être catastrophique. Pas d'affrontement, le juge était conciliant, et il avait apprécié en connaisseur le premier bilan que Thierry lui avait soumis. Il est vrai que son ami feu l'amiral lui avait vanté les qualités de l'expert-comptable chaleureusement, ainsi que sa probité. Alors ? Alors un petit quelque chose préoccupant se tortillait cependant, cramponné dans un recoin de la conscience du régisseur.

*

Un vent du nord-est rafraîchissait brutalement la période clémente qui régnait depuis huit jours. La lune noire, appellation mythique servant surtout à désigner le moment où le satellite terrestre exerce un pouvoir néfaste sur certains êtres, projetait ses ténèbres afin de masquer les quatre ombres qui s'approchaient des écuries du manoir. Plus précisément du box de Sonia, la grande jument frisonne. Lorsque la targette se déverrouilla doucement, l'animal alerté fit face à l'intrusion imminente, hennissant de peur. Le rayon d'une lampe de poche la découpa, fabuleuse silhouette dont on distinguait soudain le blanc de l'œil apeuré. Une des ombres commença à tendre la flèche du harpon de pêche sous-marine et, quand il fut armé, remonta lentement vers le front de Sonia.

— Vas-y, tire! chuchota une voix.

Alors qu'il pressait la détente, un jet de mousse carbonique lui barbouilla le visage, accompagné de hurlements. La flèche en fut déviée, et se planta sur le haut de la croupe du cheval. La jument, folle de terreur, se rua à l'extérieur en pulvérisant la porte du box restée ouverte contre le mur, et renversant le tireur. Une forme, habillée d'une tenue de plongée, tenait le gros extincteur d'incendie des lieux, et arrosait sans discontinuer les envahisseurs, tout en les insultant. Paniqués, ils réussirent à s'enfuir, abandonnant harpon et lampe de poche.

Une demi-heure plus tard, le commandant Lerouzic recevait un appel téléphonique de sa permanence. Un accident de voiture venait de se produire sur la D25, en évitant un monstre noir qui coupait la route du véhicule. Il était une heure cinquante-deux du matin.

Vingt minutes après, en arrivant sur le lieu de l'accident, les gendarmes furent soulagés de constater l'absence de blessés. La Clio plantée dans le fossé avait l'avant défoncé, mais, grâce aux bons réflexes du conducteur, le pis était évité. Il s'agissait de cinq jeunes gens, deux hommes et trois filles, qui revenaient d'une discothèque de Brest. Leur témoignage ne laissait aucun doute : c'était bien la jument du fils Maillebois, surgie sans cavalier, ils étaient formels.

Ce fut au tour de Legarrec de sursauter lorsque son portable se mit à couiner. Il ne l'éteignait jamais. Lerouzic fut bref.

— Monsieur Legarrec, la jument de Yohan cavale dans la nature et vient de provoquer un accident. Allez voir à l'écurie ce qu'il en est, et aussi assurez-vous de la présence de Yohan au manoir. Rappelez-moi aussitôt, mon numéro est sur votre appareil maintenant.

— Qu'est-ce qu'il se passe ?

— Je ne sais pas.

Et le gendarme coupa la communication.

— Rendors-toi, ma chérie, ordonna Jean-Marie en se levant.

Dans le box, la découverte du harpon, de la lampe de poche encore allumée ainsi que de l'extincteur jeté au milieu d'une mare de neige carbonique suffit pour interpréter la scène : on avait agressé la jument. Jean-Marie courut jusqu'au manoir. Silencieusement, il ouvrit la porte principale avec sa clef et grimpa au premier étage pour atteindre la chambre de Yohan. Avec d'infinies précautions, il poussa le battant, le temps de l'entrevoir paisiblement endormi, et s'en fut à l'extérieur, au moins rassuré sur un point.

— Mon commandant, Yohan Maillebois est dans son lit, mais il y a eu bagarre dans le box de la jument. Elle a été blessée, vraisemblablement avec un harpon de pêche sous-marine. C'est pour ça qu'elle s'est enfuie.

— Quoi ? Bon, rejoignez-nous, il faut qu'on la rattrape avant qu'elle cause un autre accident. Nous sommes sur la D25, à hauteur du carrefour près du garage Guiziou.

Le constat terminé, la voiture embarquée par la dépanneuse, les jeunes gens raccompagnés chez eux, les recherches commencèrent avec deux véhicules de gendarmerie et celui du régisseur.

Définissant avec une carte chaque secteur à inspecter, et se parlant toutes les dix minutes, les investigations se poursuivirent jusqu'au petit matin, sans succès.

— Stop ! On rentre ! ordonna Lerouzic. Maintenant qu'il fait jour, quelqu'un va sûrement l'apercevoir. On attend qu'on nous prévienne.

Puis il rappela Legarrec.

— Merci de votre aide. Dès qu'on l'a localisée, on vous prévient. Puis on passe chez vous pour relever les indices dans le box et faire le constat.

À peine revenu chez lui, le portable de Jean-Marie résonna de nouveau, un appel d'Annick.

— C'est terrible, monsieur. La jument est devant le perron ! Elle… elle saigne beaucoup… Elle a une flèche plantée…

Il l'interrompit.

— J'arrive tout de suite. Surtout que Yohan ne la voit pas.

— Mais…

Il avait raccroché.

Fébrilement, il appela un vétérinaire spécialisé en premier, exigeant sa visite immédiate. Puis il recontacta le gendarme.

— Le cheval est rentré au manoir, mon capitaine, vous passez quand vous voulez.

Alors qu'il s'approchait à pas feutrés de Sonia, la porte s'ouvrit à la volée. Yohan en pyjama se précipita.

— Elle est blessée, elle est blessée ! cria-t-il en se mettant à sangloter.

La jument releva la tête pour la blottir dans ses bras. Elle geignait doucement.

— N'aie pas peur, on va te soigner ! Tu n'auras pas mal, je te le promets.

— Le vétérinaire est en route, il va s'occuper d'elle tout de suite, dit Jean-Marie.

— Je ne te quitte pas, je reste toujours avec toi, continua Yohan, comme s'il n'avait rien entendu.

Annick vint lui mettre son peignoir sur le dos.

— Tu ne viens pas boire ton chocolat ?

— Non. Tu vois bien qu'elle a besoin de moi.

— Bon. Je vais te l'apporter.

Elle adressa un signe d'impuissance à Jean-Marie qui lui répondit de même.

Les gendarmes arrivèrent les premiers, et se garèrent à distance du grand cheval.

— Ne lui faites pas peur ! hurla le jeune homme. Marchez doucement !

Ce qu'ils firent. Tandis que le commandant saluait Legarrec, ses trois hommes photographiaient le cheval, zoomant sur la flèche du harpon. Ils prenaient aussi des notes.

— Où se trouve le box, s'il vous plaît ?

Annick, qui revenait avec le bol de chocolat, se proposa pour les guider afin que son patron soit présent lorsque le vétérinaire arriverait. Ce qui nécessita encore une bonne demi-heure. Selon les renseignements demandés, il conduisait un gros van muni d'un palan, et était accompagné d'un assistant. Il connaissait la jument pour l'avoir vaccinée et soignée par le passé.

— Quel est le salaud qui peut faire une chose pareille ?

Le vétérinaire était consterné, et ému aussi de voir la grosse bête se comporter avec Yohan comme un chien ou un chat.

— Il faut que je la conduise à la clinique pour retirer la flèche sous anesthésie, et bien désinfecter.

— Je viens avec vous.

C'était sans appel. Mais la présence de celui qui était en osmose avec son animal représentait une aide précieuse.

— D'accord. Pouvez-vous l'installer dans le van, s'il vous plaît ?

Sans lui répondre, Yohan tenant le licol, dit doucement :

— Viens, Sonia.

Docilement, en boitant légèrement, la jument suivit son maître, et monta sur le pan incliné du véhicule, sans rechigner.

Legarrec était soulagé.

— N'ayez crainte, docteur. Si vous lui demandez son aide en indiquant ce qu'il doit faire, tout ira bien.

— C'est ce que je vois. Je vous ramène la jument ce soir. Vous croyez qu'il restera tranquillement jusque-là ?

— Sans problème, à condition qu'il soit constamment près d'elle et que vous lui parliez.

— Parfait. Alors, en route.

Le régisseur allait rejoindre les gendarmes lorsqu'une voiture arriva à vive allure. Trois hommes en descendirent dont un l'apostropha :

— Bonjour. Police technique et scientifique. Où se trouve le commandant Lerouzic, s'il vous plaît ?

— Suivez-moi, j'y vais.

Portant un matériel volumineux, l'équipe qui venait de Brest se dépêcha d'accéder au lieu de l'agression. Lerouzic et ses collègues les attendaient devant le box, s'étant bien gardés de piétiner à l'intérieur. Après de brèves salutations, ils se vêtirent d'une combinaison d'un blanc immaculé avec capuche. Des lampes éblouissantes montées sur des trépieds transformèrent l'écurie en plateau de cinéma pour film d'horreur. Les fantômes examinaient chaque brin de paille, prenaient des dizaines de clichés, et essayaient de relever des empreintes partout où ils le pouvaient : sur le verrou de la porte, l'extincteur, la lampe de poche ; le harpon emballé dans un grand sac transparent ferait l'objet d'un examen ultérieur. Quand ils eurent terminé, ils scrutèrent attentivement les photos prises de la flèche plantée sur la croupe du cheval. Celui qui semblait être le chef du groupe eut un hochement de tête.

— Elle a eu de la chance, la jument !

— Ah ! Tu nous expliques, dit le commandant.

— L'angle de tir n'est pas normal. Il a été dévié par quelqu'un qui est intervenu.

— Donc, tes conclusions…

— Le tireur voulait tuer la bête avec un tir en pleine tête. Il y a eu bagarre. Les agresseurs, au moins trois vu les traces, se sont fait attaquer juste au bon moment, à coups de jets d'extincteur. Peut-être avec des frappes de l'appareil aussi. En tout cas, l'intervenant devait être furieusement motivé pour les mettre en fuite. Il est vrai que la mousse leur brûlait les yeux.

— Vous avez des empreintes ?

— Une sur la lampe de poche. Peut-être sur le harpon. On te donnera notre rapport rapidement.

Lorsque Jean-Marie fut seul, son premier soin fut d'aller rassurer Annick. Le cheval était l'unique cible des voyous. Il n'osa rien ajouter pour le moment. En son for intérieur, il était sidéré qu'on puisse se venger d'une manière aussi lamentable. Car il s'agissait bien d'une vengeance, sans équivoque. Linda perçut son désarroi dans la colère.

— Tu penses qu'on peut s'en prendre à nous d'une autre manière ?

— C'est possible.

Il hésitait à développer sa pensée. Elle vint le prendre dans ses bras et l'embrassa.

— C'est à cause de moi que tu t'es battu au cimetière. Je suis fière de toi, mais tu n'aurais pas dû.

— Tant que tu vivras avec moi, je ne permettrai à personne de t'insulter. Que je rosse les Le Floch pendant ou après la cérémonie ne change rien. Les rancunes locales dans le monde rural sont tenaces, les jalousies aussi. Maintenant, la guerre est déclarée. La question est de savoir ce qu'on décide. Ou on réplique ou on calme le jeu.

— Quoi que tu fasses, je t'approuverai.

Il l'embrassa à son tour. Cette femme avait le don d'éveiller son envie spontanément et d'atténuer ainsi l'embarras ou le stress qui l'envahissait.

— Il faut que je réfléchisse si je porte plainte ou non, comme me l'ont demandé les gendarmes. Et puis…

— Oui ?

— Peut-être une discussion avec Le Floch s'impose.

— Viens, je vais t'aider à trouver une solution.

Elle l'entraîna dans leur chambre pour pratiquer une aide personnalisée qui, sans mots, lui apporta d'abord l'évacuation de son tourment, ensuite une réparation de son manque de sommeil.

Le docteur Le Houarner guida Yohan pour introduire Sonia dans la grande pièce où le bloc opératoire pour chevaux était installé.

— Vous la placez là, à l'aplomb du palan. Je vais passer les sangles sous son ventre. Il ne faut pas qu'elle bouge.

— Ne bouge pas, Sonia. Je suis là, tu ne risques rien.

Il parlait à sa jument, la tête contre ses naseaux avec sa main qui la caressait sans cesse. De temps en temps, elle se frottait doucement contre sa joue, sur laquelle des larmes coulaient sporadiquement. Le vétérinaire, toujours surpris de cette entente parfaite, se félicitait d'avoir accepté la présence de cet homme un peu spécial, qu'il aurait refusée habituellement. Mais ce qu'il avait déjà constaté au manoir l'avait convaincu. Il tendit les sangles en montant le palan de façon à soutenir Sonia lorsqu'elle serait endormie.

— Voilà. Maintenant je vais faire l'anesthésie.

— Ça va lui faire mal ?

— Très peu, parce que le produit est puissant et agit rapidement. Mais c'est vrai que la piqûre n'est pas sans douleur.

— Attention, Sonia. Reste tranquille. Tu vas faire un gros dodo, et après on rentrera à la maison.

Le cheval n'eut même pas un frémissement pendant l'injection de la grosse seringue.

— Soutenez-lui la tête, ordonna le vétérinaire, aussi bien à Yohan qu'à son assistant.

Dès que l'anesthésie fit effet, il souleva l'animal et le rapprocha de la grande table d'opération en position verticale.

Sur le bord étaient posés des boudins en mousse sur lesquels les jambes prirent appui, tandis qu'il basculait la table et la jument en l'abaissant. Quand ce fut fait, il plaça un torchon propre sur les yeux. L'assistant apporta une chaise pour que Yohan puisse continuer à parler, en gardant ses bras autour de la tête de Sonia. Il se tenait au bout de la table pour ne pas gêner. Toujours vêtu de son peignoir par-dessus son pyjama, hirsute, pas rasé, les pieds dans des pantoufles, sa concentration était telle qu'on ne remarquait que son visage. Il communiait véritablement avec cette bête qui incarnait une des bases principales de sa vie.

Le Houarner prit d'abord une radio pour être sûr qu'aucun os ou artère n'était endommagé, et surtout pour voir la position de l'ardillon articulé. On ne pouvait tirer sur la flèche sans bloquer aussitôt le système antiretour. Par le passé, il avait déjà eu ce genre de cas pour des chiens que des barbares avaient pris pour cibles. Il avait conservé un tube en inox dont le diamètre intérieur correspondait à celui de la flèche. Il passa un fil résistant dans le petit trou à son extrémité, fit un nœud et l'enfila dans le tube. Puis il fit coulisser celui-ci le long du projectile jusqu'à pénétrer dans les chairs. Avec l'image de la radioscopie, il enfonça un broquart jusqu'à l'ardillon pour appuyer et l'insérer dans le tube, en tirant légèrement.

Lorsqu'il fut introduit, il n'eut aucun mal à extraire la flèche. Ensuite il retira le tube. Ne restait plus qu'à désinfecter et à administrer des antibiotiques. L'intervention avait duré quarante-trois minutes !

Alors qu'il annonçait la bonne nouvelle à Yohan, il le découvrit endormi, blotti contre son cheval, le nez sur ses naseaux. Rarement dans l'exercice de sa profession il s'était senti aussi attendri.

*

« … *et je n'ai aucune suspicion quant aux auteurs du délit.*

Fait ce jour, 30 octobre 2017, à Lesneven.

Signé le déclarant Jean-Marie Legarrec. Tuteur légal de Yohan de La Roche-Maillebois ».

— Cela vous convient ?

— Très bien.

— Alors vous signez, là, en bas à gauche.

Le commandant Lerouzic regardait, perplexe, ce bloc impénétrable apposer sa signature sur sa déposition portant plainte contre X, à la suite de l'attaque contre la jument de Yohan Maillebois.

Quand ce fut fait, le militaire reprit le document qu'il plaça dans une chemise avec le rapport de la PTS[15] et les photos prises dans le box.

— Vous n'avez vraiment aucune idée au sujet des malfaiteurs ?

— Non.

Quel menteur ! Ah, il s'est bien intégré dans le pays ! pensa Lerouzic.

— Et celui qui a évité au cheval d'être tué ? Vous n'avez pas d'idée non plus ?

---

15. Police technique et scientifique.

— Non.

C'était peut-être vrai, après tout. Enfin, presque. Il devait sûrement imaginer un nom.

— De notre côté, nous n'avons aucun indice. L'empreinte sur la lampe de poche ne matche avec aucune de celles enregistrées dans nos fichiers. Il n'y en avait pas d'autres. Ces individus ne devaient pas tous porter des gants. Ce qui ne nous empêchera pas de comparer cette empreinte avec celles de quelques personnes que nous, gendarmes, estimons parfaitement capables d'avoir commis ce méfait. Pas comme vous, semble-t-il.

Manière élégante de ne pas dire : vous nous prenez pour des cons.

— Je n'ai pas de leçon à vous donner, vous exercez votre métier comme vous l'entendez… Je peux me retirer ?

Le gendarme se leva.

— Bien sûr. Je vous raccompagne.

Ils se serrèrent la main dans le hall d'accueil.

— La jument va bien ?

— En pleine forme ! Le véto est une pointure !

— Et Yohan ? Pas trop secoué ?

— À partir du moment où son cheval va bien, son moral est au beau fixe. Le reste…

En revenant dans son bureau, le commandant, très intrigué, restait sur sa faim : qui avait bien pu sauver la bête et mettre en fuite les salopards ?

Dans la soirée, Jean-Marie annonça à Linda qu'il ressortait.

— Ah bon ? C'est… c'est important ?

— Oui. Ne t'inquiète pas, il n'y a pas de danger.

— J'aime mieux ça. Tu rentres tard ?

— Non.

— Alors je t'attends.

La maison des Le Floch, non loin de la mer, route de la Croix, était chichement éclairée. La famille devait dîner dans la cuisine, seule pièce où la lumière brillait. Legarrec ouvrit le portillon, monta quatre marches, et frappa deux coups énergiques sur la porte. Il y eut un bruit de chaise, et deux secondes après Le Floch était devant lui. En voyant Legarrec, il eut un mouvement de recul.

— Salut. N'aie crainte, je suis venu pour discuter.

— Et de quoi ?

— On en a pour cinq minutes. Tu peux sortir ? J'aimerais mieux qu'on ne soit que tous les deux.

L'homme eut une hésitation, puis décrocha sa veste. Il cria en direction de la cuisine :

— Je reviens dans pas longtemps !

Tandis qu'ils traversaient le jardinet, trois paires d'yeux les suivaient à travers la fenêtre.

— Alors, je t'écoute…

Legarrec s'arrêta et fixa son vis-à-vis, lequel était sur la défensive.

— J'étais ce matin à la gendarmerie pour porter plainte, à la suite de la tentative de tuer la jument de Yohan.

— En quoi ça me concerne ?

— Toi, sûrement pas, mais ton fils, oui.

— Hein ? Tu délires…

— Demande-le-lui, tu verras bien, et il n'était pas seul. Il n'a pas eu de brûlures dans les yeux ?

— Si, mais ce n'était pas…

— C'était à cause de la mousse carbonique que quelqu'un lui a projetée. Il a peut-être aussi des traces de coups.

— Qu'est-ce que tu me racontes ?

— Tu vérifieras, mais ce n'est qu'un détail. Je suis venu uniquement pour faire la paix. Je n'ai rien dit aux gendarmes, et je ne dirai jamais rien. Je règle mes problèmes moi-même. Je sais que la communauté ne nous aime pas, ma femme et moi. Je m'en fous. La seule chose que je demande, c'est qu'on nous foute la paix. Je suis maintenant le tuteur de Yohan et, à ce titre, j'habite et je gère le manoir dont il est l'unique héritier. Ce qui veut dire que je ne suis pas près de partir. Je sais que ton métier est dur, que la vie ici n'est pas très drôle. Si tu as besoin d'un coup de main, je t'aiderai, sans rien exiger en retour, que la tranquillité. Les rancœurs sont tenaces dans ce coin de Bretagne, l'histoire du « naufrageur » en est un bon exemple. Donc voilà. Attention, je ne me couche pas, ce n'est pas mon genre, ne te trompe pas. C'est une proposition sincère… Tu réfléchis et tu me diras…

Le Floch était troublé, et très étonné. Il ne s'attendait pas du tout à ce style de propos. Sa première réaction instinctive fut de gagner du temps.

— Tu es sûr que mon fils était dans le coup pour… pour le cheval ?

— Je l'ai soupçonné, par vengeance à la claque que je lui ai donnée, mais maintenant, d'après ce que tu me dis de ses brûlures aux yeux, c'est une certitude.

— C'est minable ! Si c'est vrai, il va prendre la tannée de sa vie…

— Ne l'esquinte pas quand même.

S'ensuivit un moment de gêne. Il fallait bien répondre quelque chose. Quelque chose qui piétinait forcément l'amour-propre, l'assurance des convictions, des opinions. Et la pratique d'un métier pénible ne favorisait pas l'art de s'exprimer instantanément.

— Bon, tu t'es excusé dans les journaux pour la bagarre, alors moi je m'excuse aussi, pour moi et mon fils… C'est vrai que t'es pas d'ici… Les gens du pays Pagan sont… sont…

— … fiers et attachés à leur coin de terre ?

— Voilà, c'est ça… Pour moi, t'auras rien à craindre… Je me mêlerai pas de tes affaires. Mais j'ai pas besoin de ton aide. Je dirai aux autres de se calmer…

En guise de conclusion, il tendit la main que Jean-Marie serra vigoureusement. C'était beaucoup plus significatif qu'une signature.

MAI 2018

À peine refermait-il la porte défectueuse qu'une clameur d'indignation l'accueillit. Monsieur le maire regretta aussitôt d'être entré chez Ty Porzh, mais c'était trop tard, il ne pouvait pas s'enfuir.

L'établissement était plein. Des hommes principalement. Il reconnut des pêcheurs professionnels d'ici et de Kerlouan. Enfin celui de Kerlouan, le dernier.

— On peut pas dire que tu nous aides beaucoup ! beugla Le Hénaff.

Un concert d'applaudissements bruyants accompagna l'interpellation.

— Tes gendarmes ne foutent rien ! hurla Yves Salaün.

— La dernière fois qu'ils se sont manifestés, c'était il y a quatre ans pour arrêter mon fils qui pêchait ! cria Le Floch, son demi de bière en main. Depuis, pas un képi à l'horizon !

Le maire connaissait les deux mille et quelques habitants de sa commune, presque un par un. Bon vivant, convivial, il était doté néanmoins d'un caractère forgé à l'image de son pays Pagan ; rude, obstiné, responsable, et l'affrontement avec ses administrés ne lui faisait pas peur, malgré sa préférence pour les débats constructifs. En cas de heurt, sa devise était simple : « Quand faut y aller, faut y aller. »

— Bonjour ! lança-t-il deux tons au-dessus des autres.

Ce qui eut pour effet d'établir le silence.

— Petite précision, enchaîna-t-il au même niveau, ce ne sont pas MES gendarmes. Ils exercent leur métier comme ils l'entendent. D'ailleurs, je crois me souvenir que toi, Le Hénaff, ils t'ont tiré d'un très mauvais pas avec ta prame trouée.

— C'est vrai. Mais tu trouves normal que, depuis des années et des années, nos bateaux soient sabotés, et qu'on reçoive sans arrêt des lettres d'insultes ? Et pas le moindre résultat des forces de l'ordre !

Le tumulte de soutien ponctua ce qui était de toute évidence la vérité.

Monsieur le maire leva les mains en signe de compréhension.

— D'accord, c'est très pénible ! Je ne vais pas le contester. Il y a dans notre commune, ou pas loin, un être mentalement dérangé, à mon avis, qui détériore les embarcations d'un peu tout le monde. Il est quand même particulièrement rusé pour continuer pendant si longtemps sans se faire prendre, ni pour les dégâts qu'il commet ni pour les saloperies qu'il nous écrit. Parce que, figurez-vous, j'en reçois aussi, même si je ne le crie pas sur les toits. Mais puisqu'on en parle, il faut que vous sachiez que le « corbeau » n'est pas seul. Il se trouve que bon nombre d'entre vous règlent leurs comptes en me dénonçant anonymement le coupable de leur choix ! Ce n'est pas non plus d'aujourd'hui. « On » pourrait venir me voir en me faisant part courtoisement de soupçons. Ce que je vérifierais avec MES gendarmes, de manière discrète. Mais non, « on » choisit un procédé minable, par lâcheté. Et ça, je ne l'admets pas. Alors, avant de m'attaquer, vous feriez mieux de réfléchir un peu, et d'essayer de vous conduire en adultes.

La colère était montée crescendo pendant son discours, et lorsqu'il eut terminé, dans un silence attentif, il fit demi-tour, et les planta en claquant la porte qui, de ce fait, resta ouverte avec sa clenche bancale.

OCTOBRE 2021

— Je te fais un sandwich, Loïc ? Tu ne vas pas rentrer chez toi avec ce qu'il tombe ?

— C'est gentil, Françoise. Tu me remettras un canon, aussi.

Françoise Nédelec s'affaira dans sa cuisine pour son unique client. Son mari n'allait pas tarder à revenir de Lesneven, où il avait rendez-vous pour le contrôle technique de leur voiture. Il n'y avait personne dans les rues du village criblées par des balles de pluie, propulsées par un vent diabolique qui s'amusait à changer brusquement de direction, pour mieux se glisser à l'intérieur de ces misérables maisons osant le narguer avec leurs toitures d'ardoise. Le contraste avec la chaleur paisible de chez Ty Porzh n'en était que plus surprenant, comme dans les films catastrophes où, tout à coup, les acteurs sont dans une bulle de calme à l'abri des horreurs de l'extérieur. Car c'était l'horreur. Des rigoles intempestives submergeaient les trottoirs. Des flaques de boue tourbillonnantes s'amassaient dans la moindre déclivité. Un bruit ambiant effrayant noyait celui des moteurs des rares véhicules qui traînaient sous ce déluge. Et puis, cela se produisant non loin de la mer, le cataclysme s'apaisait, permettant de retrouver avec netteté la configuration des lieux.

Peu après, entraient dans le café le curé Jakez Le Moën en compagnie du *droch*[16], tel que tout le monde le désignait. Françoise sortit de sa cuisine, donna le sandwich à Loïc avant de les saluer.

— Deux chocolats chauds, s'il te plaît, demanda l'ecclésiastique.

Devant le regard exorbité de son compagnon sur les jambes de Françoise, Jakez l'entraîna, et ils s'assirent près de l'insert.

— Quel grain on a failli se prendre ! Heureusement que tu es venu me chercher dans l'église.

— Oui… « *Pour se sauver de la pluie, entre un passant morfondu. Au brouet on le convie : il n'était pas attendu.* »

— Tiens, je ne la connais pas celle-là. Quel en est le titre ?

— « Le Satyre et le Passant ».

— Pour ce genre de chose, tu as de la mémoire. Tu ne peux pas me réciter de belles fables ?

---

16. « Demeuré » en breton.

— Attends, je finis : « *Ne plaise aux dieux que je couche avec vous sous le même toit ! Arrière ceux dont la bouche souffle le chaud et le froid.* » C'est vachement bien, non ?

— Tu peux m'expliquer ce qui est bien ?

— Euh… Ben quand on est chez les gens pour s'abriter de la pluie, faut rester poli. Faut pas souffler bêtement.

— Et dans cette fable, le satyre fait quoi ?

— Il est tranquillement au chaud chez lui avec sa famille.

— Ah ? Je vais la lire, si tu veux bien m'apporter ton livre.

— Bien sûr, papa.

— Mon père…

— Oh, la barbe, Jakez !

— Je préfère… Tu sais ce qu'est un satyre ?

L'œil du *droch* se mit à pétiller.

— Ouais, c'est un type qui a des jambes de bouc avec des poils, des petites cornes sur la tête, et qui baise bien.

Le curé soupira, découragé. Françoise apportait les chocolats.

— Ça va, Jakez ? Pas trop de soucis ?

— Pas plus que d'habitude.

— Je t'aime bien, Françoise.

— Moi aussi, mon garçon.

— J'aimerais bien voir tes doudounes.

— Tais-toi, ou tu sors tout de suite !

— Ne t'inquiète pas, Jakez, on a l'habitude depuis le temps. Comme toi.

Elle s'éloigna, souriante, consciente de la convoitise qu'elle éveillait chez son pauvre client depuis l'aube de son adolescence. Cela se manifestait plus fortement par moments, comme ses crises de colère ou de chagrin. Mais il n'était jamais physiquement violent.

— Je ne te comprends pas. Tu sais parfaitement retenir les œuvres de La Fontaine, tu mémorises aussi ce que je te répète année après année, et tu te conduis en mal élevé avec les gens, surtout les femmes. Tu réalises quand même un peu ?

— Ouais… T'en fais toujours un drame… Si c'était si mal, y me le dirait, non ?

— Bien sûr…

Il n'y avait plus rien à faire à quarante ans. Le Moën en discutait quelquefois avec le médecin qui le suivait. Son patient ne représentait pas un danger potentiel. Incapable d'appréhender tous les codes de conduite en société, il fallait éviter de l'agresser car, alors, tout le monde le savait dorénavant, sa réaction était autodestructrice. Certains en avaient été témoins.

— Tu vas te promener aujourd'hui, si la pluie s'arrête ?

— Ben oui, alors. Avec Sonia. Y'a aussi des salades à planter dans mon potager. Dimanche, j'irai à la messe.

— Si c'est pour chanter des chansons cochonnes, ce n'est pas la peine.

— Oh, si ! Y'en a qui rigolent drôlement !

MARS 2023

À la lecture de l'article dans *Le Télégramme*, Loïc, déjà de mauvaise humeur au réveil, sentit la colère l'envahir. Le journaliste écrivait qu'une dame âgée était déclarée décédée à la suite d'une « erreur informatique ». Elle le découvrait par hasard, et se présentait à l'administration avec son livret de famille et ses pièces d'identité. Et là, elle entendait dire que cela ne prouvait rien ! Qu'il fallait un certificat de vie[17] ! Comment pouvait-on arriver à ce point de bêtise ? Loïc but une gorgée de son côtes-du-rhône pour se calmer. Toute une civilisation sombrait dans cette technologie, confondue avec la notion de progrès social. Ce qui aggravait à son avis l'isolement des individus, et l'égoïsme. Il repensa à son fils, sa fille, ses petits-enfants, avec qui les liens étaient plus que distendus. Comme il ne possédait pas de téléphone portable, on ne l'appelait même plus sur le fixe. Qu'importe. Le souvenir de sa Soizic remplaçait tout.

— Salut, Loïc. La forme ?

Le Hénaff lui serra la main avant de s'installer au bar. C'était bien le seul homme, avec les tenanciers du Ty Porzh, pour qui il éprouvait un peu de tolérance. Les rares rencontres avec sa famille, pourtant distante de seulement soixante kilomètres, ne lui laissaient aucun sentiment de nostalgie ou d'abandon. Ils n'avaient rien à se dire. Les petits-enfants jouaient sans arrêt sur leurs appareils, et les parents surveillaient discrètement sur leur montre l'heure de partir.

Avec les gens du village, il n'était qu'un figurant parmi d'autres, hormis deux vieilles fréquentations. Aucune importance.

Il les considérait de la même manière.

Le curé et son demeuré entrèrent, et s'installèrent à leur place habituelle. Comme lui. La vie est faite de gestes perpétuels. Il eut droit à un bref salut de

---

17. Article du Télégramme, *le 09/03/23.*

leur tête, auquel il ne répondit pas. Qu'ils aillent se faire foutre. Il ne les aimait pas, ni l'un ni l'autre. Oh que non ! Et cela depuis toujours. Des inutiles qui vivaient aux crochets de la société, et dont les rapports malsains le hérissaient. Le taré bénéficiait de l'apitoiement général, et d'une protection inadmissible, alors que son comportement était insupportable. Saloperie !

Loïc commanda un deuxième ballon de côtes-du-rhône, et entretint sa colère en poursuivant sa lecture du *Télégramme*. En dehors de sa Soizic, il n'avait jamais rien aimé ni personne. Ah si, quand même : son métier de mécanicien naval.

*

« *Avec un ciel si bas*
Qu'un canal s'est perdu,
Avec un ciel si bas
Qu'il fait l'humilité… »

La radio du Berlingot Citroën émettait la célèbre chanson de Jacques Brel, qui correspondait en tout point au décor de la route des Dunes, à la sortie de Kerlouan. Le vent couchait les herbes et soulevait des giclées de sable. Les nuages sombres tombaient dans la mer dont la couleur verte, striée de moutonnements blancs, suggérait un chaudron maléfique. Le bâtiment de la SNSM s'égarait sur la lande, anomalie dans ce paysage désolé.

L'adjudant Antoine Roulier poussa la porte du local-bureau. Le responsable l'accueillit chaleureusement.

— Salut, Antoine ! Tu as mérité une prime intempérie.

— C'est vrai. Je compte sur toi pour me la verser !

— Immédiatement ! Le café est prêt.

Ils allèrent dans le petit réduit aménagé pour la commodité des repas express, où une antique cafetière en aluminium exhalait néanmoins une odeur de bonne qualité. Ils dégustèrent leur nectar en échangeant d'abord des banalités. Puis Roulier orienta la conversation sur le motif de sa visite.

— Rien de nouveau sur les vandalismes ?

— Non, tu penses bien que je t'aurais prévenu.

— Et pas d'infos par les rumeurs ?

— Rien que tu ne saches déjà.

— Un gars du coin, un peu dérangé, qui agirait en période de pleine lune…

— C'est ça.

— Plus des noms qui circulent au gré des jalousies, des rancœurs…

— Tu les connais…

— Oui.

Le responsable n'était pas à l'aise, le gendarme le percevait tout en ne modifiant pas sa façon d'être, amicale.

— On a renforcé la surveillance à l'approche de la remise à l'eau des bateaux de plaisance.

— C'est bien.

— Mais toi, Marc, qui es né ici, qui connais tout le monde, tu n'as pas une petite idée sur la question ?

— Non. Je ne vois vraiment pas.

— Tu as quel âge ?

— Cinquante-quatre ans.

— Et depuis le début des dégradations, il y a trente-six ou trente-sept ans, tu n'as pas eu le moindre soupçon ?

— Euh… non. Celui que tout le monde accusait est mort, et ça a continué. Tu le sais aussi bien que moi.

— C'est vrai…

Quand Roulier reprit son véhicule, il eut la conviction d'une seule chose : son interlocuteur lui avait menti. Comme les autres.

*

La plaque de plastique transparente, perforée des formes de chiffres et des lettres de l'alphabet, glissait facilement sur la feuille blanche. Il avait d'abord tracé des lignes au crayon en appuyant légèrement. Et maintenant il rédigeait son message, s'appliquant à bien respecter l'alignement des mots. Il tirait la langue, ponctuant son exercice d'onomatopées, ou de brefs ricanements.

Ayant terminé, il plia soigneusement la feuille en quatre et la fourra dans l'enveloppe. Sans quitter ses gants en latex, il enfila son ciré noir à capuche et sortit, la lettre à l'abri dans sa poche intérieure. Il était deux heures vingt et une du matin.

AVRIL 2022

J'ai soigné mon entraînement. Je suis en pleine forme physique. C'est essentiel, car j'ai programmé mon attaque à plus grande échelle. Ils vont bientôt remettre leurs bateaux à l'eau. Tout doit être prêt. Les nouvelles sont terribles. Des filets dérivants tuent des dauphins, des tortues. Les Japonais exigent un quota plus important de meurtres sur les baleines. Avec l'arrivée du printemps, les misérables vacanciers vont venir nous envahir, pratiquant pour leur plaisir la « pêche à pied », massacrant joyeusement mes pauvres innocents. Les pêcheurs professionnels vont leur vendre, à eux ou aux restaurants, l'agonie de tout ce qu'ils ramasseront de vivant. Je ne peux pas l'accepter. Je crois à l'intelligence de ce que les minables humains considèrent comme de la vulgaire nourriture. Ils comptent sur moi, c'est certain. Je ne peux pas les décevoir. Je me dois de les protéger, de toutes mes forces.

*

Toute la presse, écrite, télévisuelle, radiophonique, parlait du naufrage. Le navire amiral russe en mer Noire, le *Moskva*, coulait, atteint par des missiles ukrainiens.

Le Télégramme consacrait une photo à la une, et un grand article circonstancié sur l'événement. Loïc n'en perdait pas un mot. Une gifle spectaculaire infligée à la Fédération de Russie. La destruction d'un navire de prestige, orgueil de sa marine. Quand on connaissait, comme lui, la puissance et la sophistication d'un tel bâtiment, indépendamment des raisons du conflit, on ne pouvait ressentir qu'un sentiment de gâchis. Loïc était profondément attaché à sa « belle mécanique », le croiseur sur lequel il avait principalement servi. Les bateaux de guerre représentaient sa passion. Il n'en avait pas d'autre. Forcément ces navires étaient conçus par définition pour en détruire d'autres en cas d'affrontement. Mais cela n'était pas arrivé depuis presque quatre-vingts ans ! Tout au moins en Europe. Alors le quartier-maître Pouliquen passait la majeure partie de sa vie à les admirer, oubliant leur destination première. Quatre-vingts ans sans guerre ! Un record.

Il vida son ballon de côtes-du-rhône d'un geste nerveux. Jetant un coup d'œil autour de lui, il s'aperçut que des clients étaient rentrés sans qu'il s'en soit rendu compte. Une mauvaise humeur, suscitée par l'article du journal, le gagnait. Que les hommes pouvaient être stupides ! Ce qu'il entendit de leurs commentaires le confirmait. Combien aujourd'hui auraient le courage de se battre pour leur patrie, confinés dans leur petit confort, leur nullité tranquille ? Combien se dévoueraient comme leurs aïeux pour défendre leur liberté ? Il promena un regard chargé de mépris sur les clients. S'il arrivait quelque chose de fâcheux, ces lâches courberaient la tête.

— Je te ressers un verre, Loïc ?

Il acquiesça d'un mouvement de tête. Dieu qu'il les détestait ces minus !

*

Six ans ! Six ans que son père était décédé. Yohan de La Roche-Maillebois buvait son chocolat dominical avec son père spirituel, le prêtre Le Moën qui, en le contemplant, se remémorait la date anniversaire à laquelle l'amiral s'était éteint. Ne restait plus que ce pauvre garçon de quarante-deux ans pour porter l'illustre patronyme. C'était à sa manière une célébrité, alimentant les rumeurs par ses chevauchées, souvent nocturnes, sur son fabuleux destrier qu'il montait en hurlant. Mais comme cela faisait si longtemps que ce cas se produisait, les autochtones n'y prêtaient plus attention. Il n'y avait que les touristes pour s'alarmer de l'incroyable spectacle lorsqu'ils y assistaient, c'est-à-dire rarement.

Les balades avec son amie Isabelle se faisaient calmement. Jakez soupira. Il se sentait vieux et douloureux. Le climat du pays Pagan cultivait et distribuait généreusement l'arthrose. Les années défilaient inexorablement, le rapprochant de ce qu'il croyait une vie éternelle paisible. Il s'était acquitté le mieux possible de son aventure terrestre qui, par moments, l'avait bien éprouvé. L'angoisse le saisissait quand il pensait au devenir de Yohan après son départ, même si les Legarrec ne manqueraient pas d'assurer son quotidien, il en était maintenant certain. La surveillance affectueuse particulière, mais sincère, que cet être à part lui témoignait serait rompue. Qu'en résulterait-il sur sa vie ? Le prêtre s'efforça de chasser ses réflexions oppressantes pour revenir au présent. Grâce à Camille et à sa fortune, il n'y avait aucun souci matériel, ce qui était déjà très important. Combien de ses paroissiens se situaient dans la précarité, sans grand espoir d'en sortir ? Il avait bénéficié lui-même de la générosité de son ami, même si celle-ci avait été dictée par un sentiment ultime de culpabilité. Et il fallait bien admettre que la gestion du domaine par Legarrec et celle des biens par le cabinet Gondrand étaient parfaitement administrées, le juge des tutelles avait été formel. Juge parti en retraite récemment, mais son successeur, magistrat de la jeune génération, semblait conforter l'appréciation.

— Je m'emmerde un peu. Tu veux pas qu'on aille se promener ?

Jakez soupira, étant sorti brutalement des élucubrations de son esprit.

— Allez, en route !

Pierre Nédelec, après avoir encaissé leurs consommations, les regarda sortir. Ses vieux clients du dimanche après-midi… Avec Loïc Pouliquen, mais lui faisait partie du décor. Seule son absence aurait attiré l'attention. Pierre ne fermait que le lundi, et ne prenait que trois semaines de vacances fin septembre. L'âge de la retraite était encore loin pour lui. S'il la prenait. Avec son épouse, ils n'en ressentaient pas le besoin. Leur vie, c'était leur établissement. Voilà, c'est comme ça, pas la peine de discuter.

— Bonjour, monsieur, qu'est-ce que je vous sers ?

En communication permanente avec des habitués du village, des vacanciers récurrents ou occasionnels de nationalités diverses, leur café était ouvert sur le monde, et le monde les considérait la plupart du temps avec sympathie. Un passage réussi de la naissance au grand départ, ne laissant à la clientèle que de bons souvenirs. « Ah oui ! Tu te souviens de cette maison ? Mais si ! C'était un bistrot autrefois. Le… le quoi déjà ? Zut, je ne me souviens plus. »

Seuls les dictateurs sanguinaires, ou de rares grands personnages politiques, artistiques ou scientifiques, laissent des noms inoubliables à la postérité.

Jean-Marie et Linda Legarrec, qui rentraient dans les communs du manoir à bord de leur luxueux cabriolet Mercedes, aperçurent le prêtre et son « fils » spirituel revenant de promenade pour le dîner du dimanche soir. Ils étaient en avance, ce qui permettrait à Annick de perpétuer la tradition. À savoir, peigner, débarbouiller éventuellement l'énergumène et changer ses vêtements.

Yohan avait demandé lui-même que ce cérémonial, institué par son père, continue, sans donner aucune explication. La fidèle servante n'en était pas mécontente. Jakez non plus. Les maniaqueries, les habitudes maintenaient un cadre dans lequel l'héritier Maillebois, malgré son handicap, pouvait vivre sans trop de problèmes. Il n'avait pas évolué, ou si peu. Sa jument, son prêtre, sa servante-gouvernante, Isabelle, son tuteur, la femme de son tuteur, un type qui s'appelait « juge de trucmuche » (il ne le voyait que deux fois par an), formaient et régentaient son univers. Une fois par an, il allait pleurer sur la tombe de maman, lui racontait des événements insignifiants, en compagnie de Le Moën. Pas un mot à papa qui pourtant était à côté d'elle. Il n'avait aucune pensée pour lui. Pas de projets ni de préoccupations philosophiques : la vie, sa vie, se déroulait au jour le jour. Avec quand même Jean de La Fontaine, mêlé intimement aux situations qui, tout à coup, suggéraient une similitude. C'était là le seul phénomène intellectuel de sa personnalité. Sans contact en dehors de cet univers, il n'avait plus subi aucune menace depuis que Legarrec avait conclu une sorte de pacte avec Le Floch et compagnie. Yohan avait oublié ce sinistre épisode, comme il oubliait d'ailleurs beaucoup de choses. Tout au moins en apparence.

Deux clans existaient qui ne s'aimaient pas, qui ne s'aimeraient jamais, mais qui maintenant se respectaient. Les gendarmes n'avaient pas découvert une quelconque preuve ni aucun coupable concernant l'agression du cheval, mais suspectaient fortement cet accord secret vu les individualités en présence : « ceux du manoir, et ceux du village ».

Le couple gara la Mercedes à côté d'une Porsche Panamera aux portières ouvertes. Thierry Gondrand, en compagnie d'une créature légèrement vêtue, les attendait. Ils sortirent du véhicule pour des effusions joyeuses. Cela faisait déjà plus d'un an que l'expert-comptable rencontrait cette jeune femme, physiquement assez semblable à Linda. Tout de suite, il comprit le potentiel érotique qu'il pouvait en tirer. Et lui promettait de fréquenter des amis exceptionnels, à condition qu'elle accepte leur… manière de vivre.

Leurs ébats qui commençaient à s'émousser reprirent de plus belle, à la grande satisfaction de tout le monde.

Les affaires florissantes aux îles Caïman se maintenaient, ici aussi, en France, sans tricheries abusives sous le regard du juge des tutelles, surtout avec la nomination du nouveau magistrat. Mais c'était encore confortable.

Thierry avait apporté des paniers regorgeant de victuailles, que Christine, son amie, rangea avec Linda. Lorsque l'apéritif fut servi, commencèrent des séances de caresses et de baisers qui, l'alcool aidant, auraient dû les conduire directement en enfer. Le paradoxe est qu'ils se crurent transportés au paradis.

*

Le dimanche soir, avec le mauvais temps qui s'annonçait, figurait un moment maudit cumulant ennui, amertume, vide existentiel et rancœur. Dans ce sinistre sous-sol, une ampoule électrique pendait au-dessus d'une planche posée sur deux tréteaux.

Une main tenait fermement le normographe sur une feuille de papier jauni par le temps, et l'autre suivait avec application les formes des lettres découpées dans la plaque de plastique, grâce à un stylo à bille basique.

JE VAIS FOUTRE LE FEU A TA SALE BICOQUE. TU N'EST QU'UN CONNAR ET SI JE PEUX JE VÎOLERAIT TA POUFIACE…

Les fautes d'orthographe étaient volontaires. Quand le message fut terminé, Loïc Pouliquen prit sur l'énorme tas contenu dans une caisse une enveloppe sur laquelle, toujours avec le normographe, il traça le nom du destinataire. Les enveloppes, comme les rames de papier, provenaient d'un stock de l'imprimerie de la Marine nationale, dont un gestionnaire s'était débarrassé quarante ans auparavant. Pouliquen l'avait récupéré, au départ pour allumer son poêle. Mais lorsque l'idée lui était venue de jeter la zizanie parmi ses concitoyens qu'il détestait en bloc, la conservation des feuilles et des enveloppes, dont on ne pouvait déceler l'origine, lui avait paru appropriée. Il n'y avait ni logo ni adresse, rien d'imprimé pouvant laisser une trace. Sa femme ne mettait pas les pieds dans SON sous-sol, qu'il fermait d'ailleurs à clef.

Chaque contrariété, chaque événement suscitant sa colère, son indignation, produisait une lettre calomnieuse ou menaçante, manière d'évacuer ses ressentiments, avec la jouissance imaginaire des tracas engendrés. Salopards d'hommes, quels qu'ils soient, ils méritaient bien ça. À part les Nédelec, les seuls.

Le vieil homme se leva et, sans enlever ses gants de caoutchouc, il plaça l'enveloppe dans la poche intérieure de son ciré. Puis il l'enfila, mit sa casquette, prit sa canne, et sortit, affrontant péniblement la bourrasque qui s'élevait. Il était deux heures du matin, son heure favorite pour accomplir « SA » vengeance. Vengeance de sa vie sans plus d'amour, sans amitié, sans intérêt.

Au même moment, au mouillage de Pors Doun à Kerlouan, une ombre noire attendait entre deux rochers que la mer soit assez basse pour s'approcher des bateaux. Ces assassins poursuivaient leur massacre en toute impunité. La télévision avait diffusé la veille au soir un reportage montrant des dauphins, des requins pris dans les fameux filets dérivants d'un kilomètre de long, perdus par les bateaux-usines qui dépeuplaient les océans. Les pièges mortels continuaient leur œuvre stupidement au détriment de la nature, sans aucun bénéfice pour personne. Et ce, dans l'indifférence générale. Il devenait urgent de créer une armée de combattants pour éliminer ces monstres, qui tuaient sans vergogne tous les habitants de la mer, des plus grandes baleines aux petits bigorneaux. La rage habitait ce que les médias appelaient « le naufrageur », mais elle ne se manifestait pas continuellement. Elle passait par des cycles anarchiques, correspondant à des pulsions complexes. Les premiers apparaissaient il y a trente-six ans, à l'adolescence, quand la révolte de son état anormal, son impuissance à maîtriser ce que son destin lui infligeait, l'avait conduite à cette échappatoire : lutter pour ce qu'elle trouvait de plus merveilleux, la vie sous-marine. Car le naufrageur était du sexe féminin. Le contact de cette eau magique, turbulente, bouillonnante, et parfois endormie, lui donnait dès ses premiers pas un sentiment de plénitude absolue. Sa mère s'en était aperçue, et favorisait ce contact aussi souvent qu'elle le pouvait. Son père, patron d'une grosse unité de pêche, ne lui témoignait aucune affection. Le seul souvenir qu'il lui laissait était une odeur insupportable lorsqu'il rentrait de campagne hauturière, après des semaines d'absence. Il avait fini par ne plus rentrer du tout, abandonnant femme et enfant, tel un rustre répugnant qu'il était.

Isabelle Traonouez avait grandi, robuste, sensible, intelligente, et s'était rendu compte assez tôt, par le rejet des autres, qu'elle était différente. Sa mère, institutrice à l'école Sainte-Jeanne-d'Arc à Guissény, tentait de lui expliquer que la trisomie, si elle marquait l'apparence physique, n'empêchait pas une existence comme tout le monde. Elle l'avait cru jusqu'à ses treize ans, mais l'accumulation de vexations, d'humiliations, voire de jalousies, car elle était une excellente élève, la rejetait dans cette sphère qu'elle s'était construite. Sentimentalement, les hommes n'y avaient pas leur place. Son attirance envers son propre sexe l'avait isolée un peu plus. Elle s'était bâti une mission : lutter par n'importe quel moyen pour protéger le monde marin de tous ses destructeurs, comme son père.

Les incohérences de ce combat, ainsi que ses raisonnements dénués de logique, ne l'avaient jamais effleurée. Il est vrai qu'ils n'étaient pas constants. Ils étaient apparus dans son esprit lors de sa puberté et, mystérieusement, n'avaient pas évolué.

Cependant, un point lumineux éclairait sa vie : Yohan, son double masculin, sa richesse d'amitié pure, son caractère surprenant, le seul être qui lui donnait fidèlement, depuis leur petite enfance, cette tendresse dont elle avait tant besoin. Les « tarés », appellation dont on les baptisait généreusement, s'étaient soudés, et s'apportaient finalement ce que beaucoup de leurs détracteurs ne connaîtraient jamais. Dont ces petits salauds qui voulaient tuer Sonia. Cette nuit-là, elle les avait croisés de loin par hasard en allant saboter les embarcations et, saisie d'un pressentiment, les avait suivis jusqu'au box de l'animal. Quelle chance que l'extincteur soit accessible à l'entrée de l'écurie ! Elle sauva *in extremis* le beau cheval de la mort, ce qui aurait anéanti Yohan. Sa force décuplée par la colère, elle les neutralisa, et les rossa copieusement.

Et plus récemment, un ovni humain entrait dans sa sphère : Jean-Marie Legarrec, l'antithèse de Yohan. Un roc constitué de morceaux disparates : la violence, la force, la sensualité, mais aussi le goût de l'effort, le travail, la bienveillance et, aspect essentiel à son avis, la sécurité. Jamais elle n'avait rencontré un homme auprès duquel elle se sentait à l'abri totalement. Les années s'écoulaient, et il restait loyal, d'humeur égale, et agréable. Elle lui en était profondément reconnaissante. Maintenant, le temps passé au manoir, avec son cher Yohan, sa belle jument, et son formidable patron, se nommait « bonheur ».

Les bateaux étant dorénavant accessibles, Isabelle enfonça avec enthousiasme la mèche de dix dans les coques.

FIN

REMERCIEMENTS

Dire merci est une faible démarche alors que le livre achevé sous forme de manuscrit va commencer à vivre grâce à toute une organisation qui s'appelle pour ma part « Les Éditions du Palémon ». Aux mois de rêveries, de recherches documentaires, de vérifications précises succèdent la communication, la distribution et la vente pour aboutir aux lecteurs qui, seuls, décident de la valeur de l'ouvrage. C'est une belle aventure.

Merci donc à tous les membres de ma maison Palémon : le patriarche Jean Failler et néanmoins ami chaleureux, Delphine, ma directrice d'édition à l'efficacité redoutable, de bonne humeur et toujours accueillante, les deux Myriam qui me sont indispensables l'une comme l'autre, exprimant des conseils avisés et se dévouant pour la bonne distribution des ouvrages, Annie tenant les cordons de la bourse avec rigueur et gentillesse, Nathalie, toujours attentive et aidant constamment à nos bonnes relations autant publiques que privées, Meven mon approvisionneur fidèle de livres, et professeur de Breton pour le piètre élève que je suis.

À propos de fidélité : merci à ma famille et mes amis pour leurs retours de lectures sans complaisance ! Ma femme ne se gêne pas pour exprimer des opinions parfois sévères (tout en étant affectueuses) mais objectives, ce qui est indispensable !

Merci à mon collègue, auteur aussi mais quand même cher ami, François Lange pour ses renseignements et précieux conseils concernant la police et l'armée, m'évitant des erreurs et le ridicule qui en résulte.

Enfin, merci à ma fidèle amie Mauricette Lambert, toujours la première à découvrir mon texte, me signalant avec humour mes incohérences ou mes répétitions, et merci à ma correctrice Emmanuelle Raux-Boterberg dont j'admire l'attention exigeante, rectifiant mes délires d'inattention qui me caractérisent depuis longtemps.

J'allais oublier : merci à la Bretagne, ma terre d'adoption, qui me fait cadeau de son atmosphère magique, et me susurre à l'insu de tous une inspiration tellement créatrice.

En toute liberté, mon bien le plus précieux.

Gérard Chevalier

Je désire m'abonner gratuitement
au bulletin d'information des Éditions du Palémon :
je serai informé(e) des parutions
de Gérard Chevalier,
ainsi que de l'actualité et des offres Palémon.

Nom ....

Prénom ....

Adresse ....

....

Code Postal ....Ville ....

Pour encore plus d'offres et d'infos,
indiquez votre adresse e-mail :

E-mail ....@..................

Bon à compléter ou à recopier
et à retourner par courrier à l'adresse suivante :

ÉDITIONS DU PALÉMON
ZI de Kernevez
11B rue Röntgen
29000 QUIMPER

Vos données sont collectées par les éditions du Palémon afin de vous inscrire à notre lettre d'information. Le recueil des données est facultatif et limité à ce qui est strictement nécessaire pour vous faire parvenir notre catalogue et/ou notre newsletter. Vous pouvez à tout moment accéder à vos données, les rectifier, demander leur suppression ou la limitation de leur traitement. En cas de question, vous pouvez nous contacter au 02 98 94 62 44 ou sur **contact@palemon.fr.**

- ☐ Je consens à l'utilisation de mes données
- ☐ Je souhaite m'inscrire à la newsletter

GCOS01

Retrouvez tous les ouvrages de Gérard Chevalier
et des Éditions du Palémon sur :

www.palemon.fr

ÉDITIONS DU PALÉMON
ZI de Kernevez - Rue Röntgen
29000 QUIMPER
02 98 94 62 44
Dépôt légal 4e trimestre 2023

ISBN : 978-2-385270-25-4

Achevé d'imprimer en octobre 2023
sur les presses de CPI Bussière
18200 Saint-Amand-Montrond
Numéro d'impression : 2073914
1er tirage

Imprimé en France